Kant & a Educação

COLEÇÃO
PENSADORES & EDUCAÇÃO

Claudio A. Dalbosco

Kant & a Educação

autêntica

Copyright © 2011 Claudio Almir Dalbosco
Copyright © 2011 Autêntica Editora

COORDENAÇÃO DA COLEÇÃO PENSADORES & EDUCAÇÃO
Alfredo Veiga-Neto

CONSELHO EDITORIAL
Alfredo Veiga-Neto (UFRGS), *Carlos Ernesto Noguera* (Univ. Pedagógica Nacional de Colombia), *Edla Eggert* (UNISINOS), *Jorge Ramos do Ó* (Universidade de Lisboa), *Júlio Groppa Aquino* (USP), *Luís Henrique Sommer* (UNISINOS), *Margareth Rago* (UNICAMP), *Rosa Bueno Fischer* (UFRGS), *Sílvio D. Gallo* (UNICAMP)

EDITORAÇÃO ELETRÔNICA
Christiane Costa

REVISÃO
Vera di Simone

EDITORA RESPONSÁVEL
Rejane Dias

Revisado conforme o Novo Acordo Ortográfico.

Todos os direitos reservados pela Autêntica Editora. Nenhuma parte desta publicação poderá ser reproduzida, seja por meios mecânicos, eletrônicos, seja via cópia xerográfica, sem a autorização prévia da Editora.

AUTÊNTICA EDITORA LTDA.
Rua Aimorés, 981, 8º andar . Funcionários
30140-071 . Belo Horizonte . MG
Tel.: (55 31) 3222 6819

Av. Paulista, 2073 . Conjunto Nacional
Horsa I . 11º andar . Conj. 1101 . Cerqueira César
01311-940 . São Paulo . SP
Tel.: (55 11) 3034 4468

TELEVENDAS: 0800 283 13 22
www.autenticaeditora.com.br

Dados Internacionais de Catalogação na Publicação (CIP)
(Câmara Brasileira do Livro, SP, Brasil)

Dalbosco, Claudio A.
  Kant & a Educação / Claudio A. Dalbosco . – Belo Horizonte: Autêntica Editora, 2011. – (Coleção Pensadores & Educação)

  ISBN 978-85-7526-564-2

  1. Educação - Filosofia. 2. Kant, Immanuel, 1724-1904 - Crítica e interpretação I.Título. II. Série.

11-08372   CDD-370.1

Índices para catálogo sistemático:
1. Kant : Educação : Filosofia 370.1

> *Derjenige, der nicht kultiviert ist, ist roh, wer nicht diszipliniert ist, ist wild.*
>
> (Kant, Päd IX, 444)

> *Quem não possui* **cultura** *é rude; quem não possui* **disciplina** *é selvagem.*
>
> (Kant, Päd IX, 444; grifo nosso)

Para Hans-Georg e Muriel,
os amigos teuto-brasileiros de sempre.

Sumário

Introdução 11

Capítulo I: Kant como educando e educador 15
Kant como educando 16
Kant como educador 25

Capítulo II - Filosofia teórica:
a questão do conhecimento 35
O período crítico 35
O grande oceano banhado por vários rios 39
A arena da batalha:
crítica à metafísica racionalista 41
Mudança na maneira de pensar:
o conteúdo da revolução copernicana 45
A natureza transcendental do método 47
A razão pura limitada ao mundo da
experiência: sensibilidade e entendimento 51
A razão pura estendida além do
mundo da experiência: as ideias 54

Capítulo III - Filosofia prática:
a questão da moralidade 57
Distinção entre fenômenos e
noúmenos: o idealismo transcendental 58
A condição de iniciar por si mesmo
um novo estado 61

A formulação dos conceitos morais 66
A questão da moralidade 71
Dois outros possíveis
desdobramentos pedagógicos 75

**Capítulo IV - História, esclarecimento
e maioridade pedagógica** 79

Teleologia divina, desígnios da
natureza e a liberdade humana 80

A insociável sociabilidade 85

Filosofia como conceito de mundo 89

O esclarecimento como saída (*Ausgang*) 91

O emprego público da razão 94

O esclarecimento como maioridade pedagógica 96

**Capítulo V - A revolução
copernicana na pedagogia** 101

Herança rousseauniana:
a invenção moderna da infância 102

Revolução copernicana: a ideia
do sujeito ativo pedagogicamente 104

Inversão metodológica: do primado
do intelecto ao predomínio dos sentidos 107

Educação física: a pedagogia
do cultivo refinado dos sentidos 109

Educação prática: a pedagogia
do cultivo autônomo da inteligência 113

Educação como ideia e o pedagogo
como cidadão do mundo 117

Breve cronologia kantiana 120

Modo de citação e abreviaturas 121

Referências 123

O autor 127

Introdução

Este pequeno livro sobre Kant nasce de preocupações mais amplas com a pedagogia iluminista moderna e corre, paralelamente, com outras investigações sobre o *Émile* de Rousseau e os *Some thoghts cocerning education* de John Locke.[1] Sustenta-se na convicção, muito em desuso em alguns setores sociais e educacionais contemporâneos, de que devemos continuar estudando sistematicamente autores clássicos, com suas respectivas obras, porque eles podem ainda nos ensinar duplamente: tanto no sentido de seguir seus acertos como em evitar os próprios erros. Contudo, o discernimento sobre acertos e erros é resultado de um longo e paciencioso trabalho investigativo, que exige tempo e investimento educacional, ambos escassos na rápida e cada vez mais mercantilizada sociedade contemporânea.

Desse modo, algumas das questões de fundo que nos orientam são as seguintes: em que consiste propriamente a pedagogia moderna e quais são os seus ideais? Qual é sua ideia de educação e de formação? Como concebe a relação entre educador e educando e que perfil atribui a ambos? Em que medida as noções modernas de autoridade e disciplina podem ainda servir de referência crítica para tratarmos dos

---

[1] Nosso atual projeto de pesquisa, financiando pelo CNPq na modalidade Bolsa Produtividade, ocupa-se com o segundo livro do *Émile* de Rousseau, no qual dedicamos uma parte também para investigar as possíveis influências de Locke na formulação dos princípios pedagógicos dirigidos à educação da segunda infância.

angustiantes problemas pedagógicos contemporâneos, relacionados com a indisciplina escolar e a crise de autoridade docente? As noções de esclarecimento e maioridade servem-nos ainda para pensar nossos atuais problemas pedagógicos e culturais? Embora não trataremos de todas essas questões, algumas serão objeto deste trabalho.

Além disso, o livro possui o propósito de oferecer uma pequena introdução geral sobre alguns aspectos do pensamento de Kant, tendo como foco questões educacionais. Tem ainda uma pretensão, talvez mais ambiciosa, a qual compete ao leitor julgar seu êxito, a saber: de mostrar o vínculo estreito entre o Kant educador e o Kant pensador (filósofo). Ou seja, assumimos a tese de que não foram somente razões formais, de natureza governamental e profissional, que o conduziram a tratar de questões educacionais e desenvolver uma das experiências pedagógicas mais sistemáticas e prolongadas da história da filosofia, mas também e, principalmente, por razões sistemáticas.

Criador da filosofia crítica, inventor da revolução copernicana nos mais diferentes empregos da razão pura (teórico, prático e estético) e idealizador de um mundo melhor para a espécie humana, baseado na ideia do bem em si mesmo, Kant viu na educação uma das melhores formas de contribuição para que o ser humano, de geração em geração, caminhasse nessa direção.

Isso significa dizer, então, que, ao lado do grande lógico e metafísico, profundamente obcecado por questões de natureza estritamente filosófica, se encontra um grande pedagogo, portador de uma experiência pedagógica singular, com sensibilidade suficiente para perceber o vínculo estreito entre educação infantil e formação moral adulta. É o mesmo conhecedor profundo de lógica e de metafísica, que leva a sério sua intensa atividade docente e que, além de não opor nenhuma resistência para entrar com frequência em sala de aula, tratando seus alunos com respeito, prepara metodicamente suas aulas, dedicando horas e horas de trabalho cotidiano para essa finalidade.

INTRODUÇÃO

Se estivermos certos ao afirmar essa tese, então a problemática educacional nos abre a possibilidade de encontrar o vínculo entre diferentes dimensões do pensamento de Kant, mais especificamente, entre conhecimento, moral e história. Nomeamos aqui, introdutoriamente, apenas três possibilidades desse vínculo, as quais, acompanhadas de outras, se encontram detalhadas ao longo dos cinco capítulos que compõem esta pequena obra.

A primeira refere-se à filosofia teórica. A revolução copernicana que Kant realiza no âmbito do conhecimento traz profundas implicações pedagógicas, provocando uma reviravolta no âmbito das teorias educacionais: ela desbanca a posição soberana e autoritária do educador, exigindo que o educando seja concebido como sujeito ativo do processo pedagógico, e não mais como um expectador passivo. Tal reviravolta está na base da ideia democrática de educação defendida por teorias pedagógicas contemporâneas.

A segunda possibilidade diz respeito à filosofia prática. A justificação transcendental da ideia de liberdade, caracterizada pela capacidade de iniciar por si mesmo um novo evento no mundo, terá a consequência prática (no sentido moral) de assegurar a possibilidade de que cada ser racional (incluindo nele também os seres humanos) possa dar-se a si mesmo a lei; ou seja, é o próprio conceito de liberdade que torna possível a autonomia moral. Com isso, se a capacidade de cada um dar-se a si mesmo a lei é a condição indispensável da ação moral autônoma, então, quando o problema é visto do ponto de vista pedagógico, fica claro que tal capacidade precisa ser formada. Ora, mas esse processo de formação tem de iniciar já com o nascimento do ser humano, e, progressivamente, a criança deve aprender a agir livremente mediante a disciplina, uma vez que somente assim será capaz, posteriormente, de agir mediante máximas.

Por fim, a terceira possibilidade do papel sistemático que a educação desempenha no pensamento de Kant refere-se, especificamente, à sua filosofia da história. Uma de suas premissas básicas consiste, como veremos, na crença de que há uma teleologia natural que impulsiona a espécie humana para um estado melhor. Isto é possível porque o homem possui duas disposições naturais, a razão e a liberdade, que, sendo bem empregadas, lhe permitem alcançar um estado cada vez melhor. Por exemplo, pela educação a criança pode aprender a dominar sua animalidade e converte-se, ao longo de um processo pedagógico progressivo, tanto num cidadão (civilização) como num homem (moralização).

Essas, como outras linhas de argumentação, serão desenvolvidas com mais detalhes no corpo do próprio texto.

Resta-me agradecer a Cristiano Wendt, Edison Difante, Leonardo Biazus, Maurício Farinon, Paulo Cesar Nodari e Zaira Canci. Todos eles aceitaram o papel, por mim sugerido, de serem os primeiros leitores do livro, quando este ainda estava em gestação. Agradeço-lhes pelas críticas e sugestões, responsabilizando-me obviamente pelos eventuais erros. Também gostaria de agradecer à Universidade de Passo Fundo (UPF) pelo financiamento de horas de pesquisa e ao CNPq pela concessão da Bolsa Produtividade em Pesquisa. Por fim, se não fosse pelo convite e pela repetida insistência do professor Alfredo Veiga-Neto, eu não teria me encorajado a escrever este trabalho. Por isso, também lhe devo em especial meu agradecimento e à Editora Autêntica, pela anuência em publicá-lo.

Capítulo I

KANT COMO EDUCANDO E EDUCADOR

Nosso propósito, neste primeiro capítulo, é relatar alguns acontecimentos do desenvolvimento intelectual e pedagógico de Immanuel Kant que possam nos dar uma ideia de sua figura como educando e educador e, simultaneamente, mostrar o quanto sua atividade pedagógica (como professor) está profundamente vinculada com sua atividade filosófica (como pesquisador, pensador e escritor de obras filosóficas). Com isso, pretendemos deixar claro que Kant foi não só um grande filósofo, profundo conhecedor de lógica, metafísica e teoria do conhecimento, mas também um bom professor, que exerceu longa e ininterrupta experiência pedagógica e que sempre foi um teórico sensível com a formação humana, especialmente, com os problemas educacionais de sua época.

No contexto de uma extensa ocupação intelectual, o estilo de vida regrada e o trabalho filosófico sistemático são acompanhados por intensa experiência pedagógica, como educador profissional. Sua biografia intelectual e profissional representa tipicamente o perfil catedrático, do grande *Professor* universitário alemão, que luta insistentemente, durante anos, por mais de duas décadas, para conseguir uma cátedra na universidade e, após consegui-la, transforma-a numa fonte permanente de pesquisa e de ensino. Deste modo, o filósofo de Königsberg precisou esperar, pacientemente, até os 46 anos de idade para se tornar professor de lógica e metafísica na Albertina e, juntamente com essa cátedra, poder dar outros cursos semestrais, incluindo entre eles, propriamente, as preleções *Sobre a pedagogia (Über Pädagogik)*. Mas, antes que essa nomeação oficial chagasse, Kant preparou-se pacientemente, durantes anos, através de uma disciplina interior invejável, seguindo um ritmo metódico e intenso de estudos, desde a época de estudante, que lhe permitiu acumular progressivamente uma bagagem intelectual indispensável para a elaboração de suas obras críticas.

A figura que pretendemos desenhar de Kant como educando e educador não recebeu muita atenção da maioria de seus biógrafos e é negligenciado também por muitos especialistas de sua filosofia crítica. As razões que levam a esse silêncio devem-se, por um lado, ao fato de que se duvida da autenticidade de suas preleções *Über Pädagogik*, para mostrar com isso que o filósofo de Königsberg não teria se interessado por problemas educacionais. De outro lado, vinculada a essa primeira razão, está a própria resistência em admitir que a educação possa ser tomada como um problema filosófico. Porque se deu sempre mais atenção ao lógico rigoroso e ao metafísico crítico, isto é, mais atenção ao núcleo duro de sua filosofia transcendental, negligenciaram-se seus escritos menores e sobretudo sua experiência pedagógica.

Kant como educando

Kant nasceu no dia 22 de abril de 1704, em Königsberg, na época, principal cidade do império prussiano oriental e caracterizada por ser um grande local portuário. Aí eram trocadas principalmente manufaturas inglesas e mercadorias coloniais por produtos naturais que provinham do interior prussiano e da Polônia. Como a casa paterna de Kant ficava próxima ao porto, isso lhe oportunizou, desde muito cedo, ainda como criança, o contato com um mundo ampliado, fato esse que certamente o influenciou, mais tarde, na formação de suas ideias cosmopolitas (KAULBACH, 1982, p. 7).

Immanuel Kant era filho de Johann Georg Kant e de Anna Regina Reuter. Não há nada certo quanto à sua origem paterna: alguns dizem que seus ancestrais paternos provieram da Escócia; outros, da Lituânia. De qualquer sorte, Johann Georg imigrou de Memel para Königsberg, por volta de 1698, casando-se em 1715 com Anna Regina, a qual era filha de Caspar Reuter, provindo da cidade de Nürnberg. Durante os 22 anos de casamento, seus pais tiveram nove filhos, dos quais apenas cinco sobreviveram: Kant, seu irmão mais novo e mais três irmãs; com seus irmãos, ele não obteve muito contanto ao longo de sua vida. De outra parte, perdeu sua mãe muito cedo, quando tinha apenas 14 anos de idade e, mais tarde, seu pai, quando estava com 22 anos.

Poucas informações ficaram registradas sobre a vida de seus pais. Sabe-se apenas que o pai exercia o ofício de artesão e, com base nas qualidades e no *ethos* dessa profissão, procurava educar seus filhos. Como relata Kühn, em sua biografia sobre Kant, a corporação dos artesãos encontrava-se em crise no século XVIII, apresentando problemas graves: além das corporações brigarem entre si, havia muita concorrência e rivalidade entre mestres e artesões oficiais e também entre as diferentes ramificações da atividade artesã, fazendo com que um tirasse a freguesia do outro. É nesse contexto de crise que Johann Georg encontra, nas décadas de trinta e quarenta, cada vez mais dificuldades para assegurar o sustento de sua família (KÜHN, 2004, p. 46-47).

Sua mãe, por sua vez, possuía caráter meigo, educando seus filhos na observância dos objetos e fenômenos da natureza, ensinando-lhes, por exemplo, conhecer as ervas úteis para a alimentação e saúde. Kant a descreve como uma mulher de entendimento amplo e comum, de correção nobre e de religiosidade autêntica. Ele se recorda dela para Jachmann (um de seus primeiros biógrafos) do seguinte modo: "Eu jamais me esquecerei de minha mãe, pois ela plantou e nutriu em mim o primeiro germe do bem; ela abriu meu coração às impressões da natureza; despertou e ampliou meus conceitos, e suas doutrinas tiveram uma influência duradouramente salutar na minha vida" (JACHMANN *apud* VORLÄNDER, 2003, p. 17).

Além da carga fortemente afetiva que transparece nessa passagem, típica do reconhecimento de um filho que deve eterna gratidão à boa educação materna recebida, fica claro também a influência intelectual – moral e epistemológica – que sua mãe exerceu na formação de sua mentalidade. Significativo é, nesse relato, uma educação voltada para a ideia do bem alicerçada na sensibilidade pela natureza e na ampliação da referência conceitual de mundo. Com seu depoimento, Kant ameniza o contexto inteiramente machista e autoritário no qual estava inserido o papel a ser desempenhado pela mulher na sociedade, resumido bem nas expressões "criança, cozinha e Igreja". O fato é que Anna Regina soube usar, com muita desenvoltura e com profunda sensibilidade de mãe, o exprimido espaço social que lhe concederam, lançando as bases afetivas e emocionais seguras para o florescimento de um pequeno grande homem.

Este nosso breve resumo da atmosfera educacional familiar estaria plenamente incompleto se não incluíssemos nele um aspecto decisivo, a saber, a influência religiosa pietista, sobretudo aquela recebida por sua mãe. Como ramificação tardia do protestantismo, o pietismo era praticado em grande escala em Königsberg e não só exercia profunda influência no ambiente familiar, como também predominava nas escolas e na Universidade. Originando-se em Halle, alcança rapidamente forte ampliação, graças à figura dinâmica de August Hermann Francke (1663-1727). Também foi graças ao trabalho de Franz Albert Schulz (1692-1763) – além de professor de teologia na Albertina, Schulz também se tornou diretor do Collegium Fridericianum –, que o pietismo ganhou força e consistência em Königsberg.

Anna Regina frequentava assiduamente, junto com seus filhos, tanto as horas de oração como os cursos de Bíblia oferecidos pelo teólogo e pastor Schulz. Mas não só mãe e filhos iam até a igreja, como o próprio pastor frequentava a casa dos Kants. Dessa convivência assídua, brotou a amizade entre eles e a formação religiosa pietista da mãe. Tal convivência oportunizou também ao pastor as condições apropriadas para observar o talento do pequeno Immanuel e a recomendação para que ele fosse estudar no *Collegium*. Não é de se estranhar que Schulz viu em Kant, do mesmo modo como vira em outros meninos, o talento intelectual de um futuro teólogo. Independentemente de Kant não ter realizado o desejo de Schulz, o fato é que esse impulso dado pelo pastor foi decisivo para que a criança pudesse prosseguir de modo ordenado em seus estudos e, com isso, não só alcançar a oportunidade de ascender socialmente, como também de se realizar dignamente em sua atuação profissional futura, como pesquisador e professor.

Kant ingressa no Collegium Fridericianum no verão de 1732, permanecendo nele até o verão de 1740, quando, juntamente com um grupo de outros dez colegas, conclui os estudos escolares. Ele possuía, então, oito anos de idade e estará, nos anos seguintes, sob o comando do eminente teólogo e professor Schulz e de sua orientação pietista. De boa estatura intelectual, Schulz havia estudado com ChristianWolff (1679-1754) e, por isso, foi um dos primeiros a tentar uma síntese entre racionalismo e pietismo. Como o contexto político o favorecia, uma vez que rei Friedrich Wilhelm I, para enfraquecer a aliança entre o protestantismo ortodoxo e os proprietários rurais, inicialmente apoiou o pietismo, Schulz tornou-se um das principais lideranças intelectuais de Königsberg.

No Collegium, o corpo docente era composto de cerca de 30 professores, dos quais alguns moravam em suas dependências, e muitos desses docentes também cursavam teologia. No que diz respeito ao preparo e à formação dos professores, não devemos imaginar muita coisa para aquela época. Orientações e conselhos pedagógicos, acompanhados por conferências semanais, proferidas pelo diretor e pelo inspetor da escola, parecem ter sido a única forma de preparação pedagógica do magistério. Precisamos considerar que, naquela época, não havia ainda uma rede escolar (pública e/ou privada) estruturada, e a educação doméstica, com base na preceptoria e sustentada pelas famílias de posse, era um traço característico do sistema educacional.

Se o *Professor* Knutzen marcará Kant decisivamente, como veremos, em seu tempo de estudante universitário, o professor (*Lehrer*)[2] Johann Friedrich Heydenreich fará o mesmo nos anos de Collegium. Ele não só conduziu o amor de Kant para os clássicos latinos, como também foi responsável por grande parte de seu conhecimento sobre os antigos (gregos). Como afirma Kühn (2004, p. 68), este professor ginasial aproximava-se do ideal de Kant, inspirando-o, também fora da sala de aula, a estudar os autores clássicos. Portanto, com Heydenreich, Kant aprendeu "um método de explicação que não se ocupava somente da gramática e da parte formal, senão que se adentrava também no conteúdo e penetrava na clareza e 'exatidão' dos conceitos" (Cassirer, 1994, p. 11).

Com esse depoimento de Cassirer, podemos observar que tal professor ginasial talvez tenha sido um dos poucos, para não dizer o único, que foi capaz de romper com os aspectos altamente formalizados do método de ensino que predominava na época. Além disso, Heydenreich foi capaz de lançar na mente de Kant os primeiros germes do procedimento de análise que será adotado posteriormente na preparação e escrita de suas obras críticas principais. Daí a importância pedagógica do trabalho do educador à formação intelectual crítica dos alunos, ao propiciar uma base sólida de análise dos conceitos, avaliando sua clareza e sua consistência.

No que diz respeito à organização do estudo, os alunos recebiam em média sete horas diárias de aula, concentradas, em sua maior parte, na aprendizagem da religião e do latim. Além dessas horas, eles ainda deveriam reservar outro tempo

---

[2] Enquanto a expressão *Professor* reserva-se ainda hoje, na Alemanha, somente ao catedrático universitário, *Lehrer* é o nome atribuído ao professor ginasial, que não trabalha no ensino superior como *Professor*. Distinção semelhante é a que existe entre *Student* (estudante) e *Schüler* (aluno), sendo a primeira expressão empregada para o educando que frequenta a Universidade e, a segunda, para o que está na escola.

para o estudo individual e para as tarefas fora de classe. Sobre as aulas, elas iniciavam pela manhã, às 7 horas, e se estendiam até as 11 horas. Na parte da tarde, começavam às 13 horas e terminavam às 16 horas. Enquanto o estudo da religião e do latim ocorria no primeiro turno, a parte da tarde estava reservada, de modo geral, ao estudo da caligrafia, do cálculo (matemática) e de outras disciplinas.

Tanto a quantidade de horas aula semanais dedicada para cada disciplina como o destaque para uma ou outra dependia do nível (classe) em que o aluno se encontrava, lembrando que o mais importante estava constituído pelo estudo do latim, tanto da fala como da leitura e escrita. Kant, segundo depoimento dos próprios colegas (RUHNKEN *apud* KÜHN, 2004, p. 67), aprendia com facilidade o latim, fato esse que o tornou mais tarde um bom conhecedor dessa língua. Com Ruhnken e Cunde, seus dois colegas de escola, liam juntos, depois da aula, autores latinos clássicos, surgindo daí, provavelmente, seu eterno apreço por Cícero, Sêneca, Lucrécio e Horácio. A epígrafe de seu primeiro trabalho universitário é da autoria de Sêneca (Gedanken, I, 5).

Em síntese, predominou na formação escolar de Kant o estudo do latim e da religião cristã. A seguinte lei escolar fundamental, citada por Vorländer (2003, p. 33), dá-nos uma ideia do domínio que a religião cristã, especialmente o espírito pietista, exercia na mentalidade das crianças que estudavam no Fridericianum: "Quem quiser empregar bem o tempo de sua juventude, depositando na escola o fundamento de sua felicidade na Terra, deve primeiramente procurar despertar sua lembrança em Deus, dialogando com ele, pois ele está presente em tudo e nos oferece um coração justo e correto".

Desse modo, catequização religiosa e formalização do conteúdo, aliadas ao método baseado na disciplina e no castigo corporais, marcavam um tipo tradicional de ensino, ancorado exclusivamente na pedagogia da memorização. No dizer do próprio Schiffert, um dos diretores do Collegium Fridericianum, "*as repetições* são a alma do estudo, para que aquilo que uma vez fora aprendido não possa ser novamente esquecido (*apud* Kühn, 2004, p. 69; grifo nosso). Neste sentido, a repetição é a principal estratégia da pedagogia da memorização, a qual exige, de modo geral, um comportamento meramente passivo do aluno. Além disso, ela pressupunha uma compreensão filosófica da mente humana, concebida como estrutura fixa, que será incompatível, mais tarde, como ainda veremos, com o núcleo crítico da filosofia transcendental.

Tal ambiente fechado, rigorosamente dirigido pelos "fanáticos pietistas", será em breve deixado para trás, quando Kant ingressa na Albertina. Pelo menos aí a tradição acadêmica instituída irá lhe permitir maior liberdade para escolher os próprios cursos e estudar o que fosse mais de seu agrado. Neste sentido, em termos de liberdade para o estudante na organização de seu estudo, a distância entre a escola e a Universidade era infinita. Vamos ver, na sequência, como Kant fará uso dessa liberdade.

No mesmo ano de 1740, depois de ter concluído a formação escolar no Collegium Fridericianum, Kant inicia seus estudos na Albertina (Universidade de Königsberg), os quais se estendem até 1746. Na Universidade, ele será seduzido, inicialmente, pelas áreas de estudo que tinham recebido pouca ênfase no colégio, como filosofia, ciências naturais e matemática.

Albertina comemorou seu bicentenário quando Kant ainda nela estudava. Para os padrões da época, tratava-se de uma universidade grande e importante, coexistindo em seu interior uma atmosfera intelectual diversificada, representada por várias correntes de pensamento, tanto no âmbito da teologia como no da ciência e da filosofia. Precisamos considerar, contudo, que a situação acadêmica alemã ainda não se encontrava significativamente desenvolvida, pois em 1700 havia apenas 28 universidades, a maioria delas, além de ser pequena, encontrava-se espalhada pelos diversos estados alemães. Em relação ao número de alunos, por exemplo, havia apenas 9.000 estudantes matriculados. Esse número recua para 7.000 em 1760. No tempo em que Kant era estudante, por exemplo, estudavam em Königsberg 591 teólogos, 428 juristas e 13 estudantes de medicina (VORLÄNDER, 2003, p. 49).

Para se ter uma ideia da grandeza da Universidade de Königsberg em relação a outras universidades, Heidelberg possuía só 80 estudantes, e apenas Halle e Leipzig tinham acima de 500 estudantes. Como Albertina era a única universidade do lado oriental do império e estava entre as duas maiores universidades, era natural que atraísse estudantes de toda a região, inclusive de outros países próximos, como Polônia, Lituânia e de nacionalidades provindas da região báltica. Isso assinala seu perfil internacional que, aliado à existência de um grande porto na cidade, não poderia deixar de denotar uma atmosfera consideravelmente cosmopolita para os padrões da época.

Do ponto de vista do corpo docente, Albertina possuía 44 professores concursados, em 1744, e um número maior de docentes privados e de "horistas". Enquanto os professores concursados recebiam um pequeno ordenado, os docentes privados e os "horistas" recebiam as pequenas mensalidades pagas pelos estudantes (ouvintes) que visitavam seus cursos. Como a remuneração era baixa, a maioria tinha que buscar outra fonte de renda, tendo que oferecer aulas particulares aos estudantes ou, em alguns casos, até se ocupar com o cultivo da horta em seus jardins. No entanto, a situação era mais confortável para os teólogos do que para os juristas, os médicos e os filósofos, uma vez que aqueles ocupavam melhor posição na universidade, e, além disso, muitos deles, como pastores, também recebiam um ordenado da Igreja (KÜHN, 2004, p. 86).

Apesar de ser normal para a época que o estudante fosse diretamente orientado por um ou outro *Professor*, Kant demonstrou desde o início de seu estudo universitário independência no sentido de traçar por si mesmo o plano de estudo e persegui-lo de perto, característica essa que o acompanhará por toda sua vida intelectual. Contudo, foi muito influenciado por Martin Knutzen (1713-1751), professor de lógica e metafísica e uma das personalidades intelectuais mais influentes de Königsberg. Muitos alunos, entre eles o próprio Kant, sentiam-se orgulhosos de tê-lo tido como *Professor*. Segundo afirmação de Borowski: "Kant tem seu Knutzen na mais alta conta em relação aos demais professores. Este lhe indica o caminho, assim como também aos outros estudantes, para não se tornar um simples decorador (repetidor) e sim poder pensar por si mesmo" (*apud* Kühn, 2004, p. 99). Com seu ponto de vista racionalista, provindo da tradição filosófica leibniziano-wolffiana, Martin Knutzen possuía um olhar mais aprofundado em comparação com a média dos outros professores wolffianos, estando muito acima de seus colegas da Albertina.

Além de sua inteligência e profundidade de raciocínio, Knutzen possuía duas outras qualidades que imediatamente atraíram Kant: primeiro, tornou-se *Professor* muito jovem, com apenas 21 anos de idade, sendo, portanto, apenas dez anos mais velho do que seu aluno. Segundo, possuía uma característica pedagógica que certamente marcou Kant, a saber, a capacidade de pensar por conta própria, a qual, segundo o depoimento acima de Borowski, ele também exigia de seus estudantes. Tal característica se apresentava para o então jovem estudante como grande novidade, considerando o aspecto rigorosamente formal e repetitivo, pouco original e criativo, de seus anos de formação escolar. Nas palavras de Vorländer: "A clareza na exposição, bem como a agudeza e elegância de sua classificação [de Knutzen], como aparecem, por exemplo, em seu manual de lógica, deve ter sido a tônica de suas aulas" (2003, p. 54).

De qualquer modo, o que nos interessa destacar, tendo em mente a figura de Kant como futuro educador, foi certamente o fato de ele ter tido um bom professor em sua formação universitária, com domínio científico e destreza pedagógica. Vale lembrar mais uma vez que Knutzen possuía profundo conhecimento filosófico e científico, sendo responsável por inserir os estudantes, entre eles o próprio Kant, na leitura não só dos racionalistas alemães, como também, entre outros, do famoso Isaac Newton (1643-1727). Seu método de leitura e interpretação direta das obras dos grandes pensadores deve ter influenciado decisivamente na formação intelectual inicial de Kant, despertando-lhe o gosto e o talento pelas questões filosóficas e científicas. Além disso, pela destreza e pelo tato pedagógico, o *Professor* deve ter mostrado a Kant, na prática pedagógica da relação educador-educando, o aspecto prazeroso e altamente dignificante relacionado à atividade docente (pedagógica), isto é, à formação de novas gerações. Estavam laçadas aí, em germe, as motivações para que Kant se tornasse, mais tarde, não só um grande pesquisador, mas também um educador respeitado e admirado por seus alunos e pela comunidade acadêmica alemã.

Com a conclusão do estudo de graduação, encerra-se também uma etapa na vida de Kant: como educando, tanto na família como na escola e na Universidade. Por volta de 23 anos de idade, o jovem se forma oficialmente educador, assumindo primeiro o trabalho de preceptoria e, mais tarde, aos 31 anos, a função de docente universitário, para finalmente, em 1797, já mundialmente conhecido como grande *Professor*, retirar-se da atividade pedagógica de sala de aula e poder usufruir, merecidamente, dos poucos anos de aposentadoria que ainda lhe restavam.

Kant como educador

Mesmo com a possibilidade de permanecer em Königsberg, após a conclusão de seu doutorado na Albertina, Kant decidiu se mudar e foi trabalhar no campo como preceptor. A preceptoria era um tipo de atividade exercida pelo professor particular que morava na casa do empregador, de modo geral, na casa de famílias nobres. Kant a exerceu durante vários anos, em famílias que residiam não muito distante de Königsberg.

Ele assume a preceptoria em 1748, exercendo-a, primeiramente, na casa do pároco rural Daniel Andersch, localizada em Judtschen, a qual era uma pequena cidade, uma vila (*Dorf*), próximo de Königsberg, constituída por uma população de camponeses imigrados, em sua grande maioria, da Suíça francesa, do norte da França e da Holanda. Após uma pequena estadia em Königsberg, retoma novamente sua preceptoria doméstica, desta vez, na casa de um cavalheiro russo de grandes posses, denominado Major Bernhard Friedrich von Hüsel, cuja casa se localizava na Gross-Arnsdorf, entre Elbing e Osterode, distante aproximadamente 100 quilômetros de Königsberg. (Essa teria sido uma das maiores distâncias da qual Kant se afastou de sua cidade natal.)

Além da importância econômica que o levou a exercer a preceptoria, já que, por meio dela, obteve seu sustento durante seis ou sete anos, também há, assim o cremos, um significado maior, de natureza cultural, intelectual e pedagógica.

Do ponto de vista cultural, a preceptoria oportunizou-lhe a convivência diária com costumes e modos refinados de ser e viver. O fato de ter morado durante alguns anos na casa de uma família nobre, Kant teve a oportunidade de observar e seguir os costumes habituais referentes, por exemplo, ao modo de vestir, de se alimentar e de se comportar socialmente. Não há dúvida que esses são anos de aprendizado que também o habilitarão a exercer, futuramente, com muita desenvoltura, o papel de um anfitrião elegante e cordial, junto à mesa de almoço diário com seus convidados. Confrontado cotidianamente com formas refinadas de comportamento, Kant foi levado a despertar seu talento nato pela sociabilidade e pela boa companhia, inteligente e agradável.

Do ponto de vista científico e filosófico, não devemos pressupor que ele teria recebido fortes motivações intelectuais na convivência tanto na casa do Pastor como na do Major. O mais importante reside, sem dúvida, no fato de ele ter aproveitado bem o tempo ocioso que lhe restava, depois das lições junto aos seus alunos domésticos, para dar prosseguimento aos seus estudos. Neste sentido, foram anos seguidos de muita solidão intelectual interior e muito trabalho, cujo significado para seu amadurecimento como pesquisador e professor foi decisivo. Prova disso é que, durante esses anos silenciosos, Kant preparou o material que lhe permitiu escrever, com muita rapidez, os três trabalhos para se habilitar à vaga de *Professor*, quando retornou para a Albertina, em 1755. Além disso, tal procedimento deu-lhe o suporte intelectual para repetir a experiência, nos anos setenta, aí sim realmente durante a "década silenciosa", na qual preparou, durante dez anos de pesquisa, o material para redigir, também com rapidez impressionante, sua grande obra, a *Crítica da razão pura*.

Por fim, do ponto de vista pedagógico, embora Kant tenha se manifestado mais tarde de modo negativo em relação ao seu tempo de preceptoria, afirmando que ele teria sido o pior preceptor do mundo, devemos considerar a possibilidade de que esses anos teriam contribuído fortemente para sua formação pedagógica, permitindo-lhe confrontar, permanentemente, ainda que de modo intuitivo, sua condição de filósofo com a de pedagogo dedicado à formação de crianças e adolescentes. O forte argumento que temos a nosso favor, mesmo contrariando o próprio depoimento de Kant, é que ninguém pode passar ileso, ainda mais alguém com a sensibilidade intelectual e pedagógica como ele, de uma experiência de mais de seis anos.

Ora, é justamente tal experiência pedagógica que certamente o levou não só a pensar em melhores estratégias pedagógicas para ser bem-sucedido como preceptor doméstico, como também a confrontar as próprias ideias filosóficas e científicas com o ponto de vista do processo formativo-educacional humano. Isso mostra, então – e esta é a tese que defenderemos ao longo deste livro –, a profunda imbricação que ocorre desde o início de sua atividade profissional entre o pensar filosófico e o experienciar pedagógico, entre o filósofo e o pedagogo, e que um, além de não ocorrer isoladamente, depende da presença do outro para poder tornar-se compreensível.

Por volta de 1754, Kant interrompe seus anos de preceptoria e, voltando para Königsberg, retoma seus estudos na Albertina. Já no ano seguinte, num curto espaço de tempo, torna-se docente privado (*Privat Dozent*) naquela mesma universidade. Em razão da peculiaridade do sistema acadêmico alemão, Kant tornou-se docente universitário sem ainda ser *Professor*. A primeira condição para que ele pudesse adquirir o direito de ser docente do ensino superior era a entrega da *Dissertation* (tese de doutorado), seguida da prova oral e da defesa pública (*Disputation*) dessa. Com todos os procedimentos preenchidos em 1755, Kant ficou autorizado a ser docente privado, mas teria ainda que percorrer um longo caminho até tornar-se *Professor*. Como último e almejado grau da carreira acadêmica, o título de *Professor* só era conquistado mediante indicação feita pelo governo com base no cumprimento de uma série de exigências legais e procedimentos acadêmicos, entre elas, pela solicitação pública do candidato, feita por escrito, e pela avaliação de seu perfil acadêmico-intelectual por uma comissão de professores. Depois de inúmeras tentativas, Kant consegue finalmente a vaga de *Professor* na Albertina, mas muito mais tarde do que pensava.

Com os trabalhos apresentados e defendidos com sucesso, estava aberto o caminho para que pudesse trabalhar na universidade não mais só como docente privado, mas também concorrer à vaga de *Professor*. A fala excessivamente mansa e o número pequeno de alunos que predominou no início de suas aulas são limites superados com o passar do tempo. Desde então, como relata Borowski (*apud* VORLÄNDER, 2003, p. 82), suas preleções (aulas) tornaram-se não só profundas e metódicas, mas também agradáveis. Ainda de acordo com o testemunho desse seu biógrafo (p. 83), Kant não seguiu rigorosamente o manual de ensino (*das Kompendium*) em suas preleções, o que era uma exigência legal da época, mas, na maioria das vezes, acrescentou o próprio conhecimento, sem se deixar desviar do tema principal. Deste modo, sua preleção (aula) era um discurso livre, temperado com bom humor e com citações de escritores conhecidos, recheadas por anedotas, mas sempre relacionadas ao tema tratado.

O ambiente acadêmico por ele encontrado na Albertina, quando se torna docente privado, não havia mudado muito durante seus oito anos de ausência; grande exceção fora a morte de Knutzen. Kant parece não ter recebido muita simpatia nem estímulo científico de seus colegas. Esse fato o impulsionou a buscar suas amizades e a construir suas relações fora do ambiente universitário. Par ilustrar a inexistência de atmosfera amigável entre o professorado da Universidade alemã daquele período, cabe lembrar, primeiro, as expressões empregadas pelo grande poeta alemão, Wolfgang Goethe (1749-1832), anos mais tarde, para qualificar o corpo docente da Universidade de Jena, denunciando seu "orgulho apimentado" e sua "inteligência confusa". Em segundo lugar, o próprio juízo feito por Johann Georg Hamann (1730-1788) sobre o círculo de professores de Königsberg, destacando as "rivalidades mesquinhas" e as "chicanas" entre os colegas. Nesse contexto, um espírito grandioso, embora não estando livre da fragilidade humana, não deveria se deixar apequenar, mas sim se concentrar no conteúdo e no essencial do ser docente e pesquisador.

No período de docente privado, que se estende de 1755 até 1770 e no qual Kant fora denominado de "o mestre galanteador" ("*galanter Magister*"), seu modo de vida pessoal e social ainda não se encontrava rigorosamente regulado pelo relógio, como o será mais tarde, na condição de *Professor*. Como exemplo, nessa fase dos anos sessenta, o que será inimaginável ao posterior e disciplinado Kant, ele dirigia-se, depois de suas preleções matinais, à casa de café, para tomar uma taça de chá, conversar com seus amigos sobre os acontecimentos cotidianos e praticar seu jogo predileto, o bilhar (VORLÄNDER, 2003, p. 138). Também teria sido por essa época que ocorreu sua maior aproximação com o sexo feminino, quando teria tido algumas pretendentes ou, ao menos, fora amigo mais próximo de algumas mulheres, como é o caso de sua amizade com Maria Charlotta Jacobi e

Caroline C. A. Keyserlingk. Depois disso, parece ter levado uma vida mais solitária, dedicando-se inteiramente às suas atividades acadêmicas e para suas amizades intelectuais, sem nunca mais ter se inclinado ao casamento. Nesse contexto, perguntado uma vez por que não casou, Kant teria respondido nos seguintes termos: "Quando eu tinha vontade, não possuía condições financeiras suficientes para sustentar um matrimonio; quando obtive dinheiro, perdi a vontade" (KANT *apud* VORLÄNDER, 2003, p. 194).

Em síntese, o período de *Magister* caracteriza-se por uma atividade pedagógica intensa de sala de aula e pelo zelo prestado aos seus alunos. Mas trata-se de um zelo que não era autoritário nem paternalista, uma vez que uma das características pedagógicas centrais da prática docente de Kant fora a exigência dos envolvidos no processo pedagógico de pensar por conta própria. Ele pôde em algum momento ter agido de modo ambíguo, contradizendo-se a si mesmo em relação ao seu ideal pedagógico mais elevado, agindo de modo rigoroso e disciplinador, mas a exigência de pensar por conta própria permaneceu como linha dorsal de suas ideias e de sua experiência pedagógica. Tal exigência culminará, como veremos no capítulo quatro, na *sapere aude* e na maioridade pedagógica.

Os longos anos de trabalho como docente privado foram acompanhados por várias candidaturas à vaga de *Professor*. Como pouco entre os grandes pensadores, Kant age já desde a juventude de modo muito determinado para alcançar o fim proposto, a saber, ser professor de filosofia na universidade de sua cidade natal. A primeira vez que se candidatou foi na Páscoa de 1756, na vaga aberta em lógica e metafísica pela morte de seu professor preferido Martin Knutzen. Posteriormente, em 1758, para a mesma vaga e novamente sem resultados. Nos anos seguintes, recebeu convite para se tornar catedrático, mas, a bem verdade, em outras universidades e em áreas de conhecimento distantes da sua. Não hesitou em recusá-las, talvez porque possuía a certeza de que sua vez chegaria na Albertina. E, de fato, ela chegou; não importa se depois de uma longa espera, por sinal, muito pacienciosa, e de um intenso e disciplinado trabalho docente. Em 1770, Kant foi nomeado pelo Império prussiano como *Professor* na Universidade Albertina, em Königsberg.

Mesmo depois de ter sido designado como *Professor*, continuou com sua intensa atividade docente, lecionando, além das cátedras de lógica e metafísica, para as quais fora nomeado oficialmente, outras sobre temas variados, como teologia, pedagogia e antropologia. Mas não há dúvida de que é a cátedra de metafísica, entre todas as demais, a que ele se dedicou com mais afinco, já que ela estava diretamente vinculada com suas questões filosóficas de fundo, pelos menos nitidamente durante os anos setenta. Também fora nessa cátedra que se desenvolveram as questões mais "abstratas", exigindo dos estudantes maior esforço intelectual para compreendê-las.

A agenda diária de trabalho e de organização cotidiana, mantida durantes décadas, depois que se tornou *Professor*, é reveladora de muitos aspectos que, certamente, nos auxiliam a traçar certo perfil da personalidade intelectual e pessoal de Kant. Em primeiro lugar, tratava-se de um estilo de vida aparentemente tedioso, sem grandes emoções, devidamente disciplinado. No entanto, em segundo lugar, o tédio aparente era rompido pelo contato frequente mantido com seus alunos, pelo tempo dedicado à conversação com seus amigos e, principalmente, pelas horas de exercício pleno e livre de sua solidão intelectual. No que diz respeito à conversação com seus convidados, esse fora um hábito contraído por Kant depois que se tornou *Professor* e que passou a morar na própria casa. A casa de café e o jogo de bilhar como espaço típico de socialização durante o tempo de docência privada foram substituídos pela mesa de convidados, na fase de *Professor*.

Deste modo, a mesa de convidados da casa do *Professor* Kant tornou-se um acontecimento famoso na cidade de Königsberg. Seus convidados apresentavam perfil diversificado, variando desde homens de negócio, profissionais liberais, até intelectuais e cientistas. Os temas da conversa eram os mais diversos possível, envolvendo também assuntos diários, mas menos temas filosóficos, expressamente proibidos por Kant. Sobre as horas de trabalho dedicadas à pesquisa e à escrita, foi seu caráter regular e metódico, aliado ao seu talento e mente fecunda, que lhe permitiu produzir uma obra considerável, não só em quantidade, mas também em profundidade.

Com o arrazoado acima, podemos notar que Kant aliou sua intensa atividade de pesquisa, de investigação filosófica e de escritor, tanto com seu trabalho administrativo, enquanto diretor da Faculdade de Filosofia e reitor da Universidade de Königsberg, como com sua atividade pedagógica constante.

Para exemplificar o perfil pedagógico que o caracterizou, vamos nos reportar agora, em forma de conclusão deste capítulo, para o depoimento de um de seus alunos mais ilustres, a saber, Johann Gottfried Herder (1744-1803), que estudou com ele em Königsberg, nos anos sessenta. O filósofo de Königsberg contava na época com 38 anos de idade. Aqueles foram, segundo Herder, os melhores anos de Kant, uma vez que seus pensamentos floresciam ininterruptamente, suas aulas eram impregnantes, e seu contato social era ativo e vivaz. Trinta anos mais tarde, Herder ainda mantinha viva a lembrança de seu antigo *Professor*, mesmo depois de terem interrompido a amizade por causa de fortes desavenças intelectuais. Ele recorda das aulas de Kant do seguinte modo:

> Kant possuía a vivacidade alegre de um jovem. Seu semblante aberto, construído para pensar, era o lugar da serenidade; a fala pensativa e agradável fluía expansivamente de sua boca. Piada, gracejo e bom humor estavam sempre com ele, mas no momento certo, e quando todo mundo sorria, ele permanecia sério. Sua preleção pública era como uma companhia divertida: falava sobre seu autor, pensava por si mesmo e, na maioria das vezes, ia além dele. Porém, eu nunca observei nos três anos em que freqüentei diariamente suas aulas sobre todas as ciências filosóficas qualquer ímpeto de arrogância. Não tinha nenhum inimigo a quem quisesse se vingar (HERDER *apud* KÜHN, 2004, p. 158).

Alguns aspectos merecem ser destacados nesse depoimento de Herder. Kant aparece descrito, em primeiro lugar, com um perfil alegre e jovial,[3] enfeitiçando seus alunos pela vivacidade de seu modo de ser e pensar. Ele conseguia mediar a seriedade no trato do conteúdo com momentos de descontração, recorrendo, na hora certa, a piadas e brincadeiras, sem perder, no entanto, a condução do processo pedagógico.

Segundo, conseguia fazer de suas preleções públicas um meio profícuo de aprendizagem, pois, falando sobre o autor tratado, pensava por si mesmo, conseguindo ir além do próprio autor. Tal procedimento metódico de ensinar dialogando com autores e indo além deles deveria ser muito estimulante aos seus alunos, visto que os exercitava, concretamente, numa dupla perspectiva: no uso adequado dos textos e na capacidade de pensar por conta própria. Portanto, com seu método de ensino, Kant desinibia seus alunos, provocando-lhes a se aventurarem autonomamente nas tarefas do pensamento.

Por fim, Herder depõe a favor de um estilo simples, distante da presunção que poderia marcar um modo desdenhoso de tratar tanto do conteúdo como de seus alunos. Neste sentido, simplicidade contraposta à arrogância parece ter sido outra atitude intelectual adotada por Kant para ter seus alunos juntos de si. Ora, temos outros exemplos na história da filosofia, cujo caso mais notório é Sócrates, do grande efeito pedagógico causado pela atitude simples e humilde diante do saber e sobretudo diante daqueles que estão na fase inicial de seu processo de formação. Ou seja, a simplicidade intelectual não só é sinônimo de inteligência, como também é amiga de uma experiência pedagógica produtiva.

---

[3] Este *portrait* descrito por Herder distancia Kant daquele físico e metafísico árido que poderia se imaginar quando da leitura de sua *Dissertação de 70*, escrita em latim. Como afirma Kühn (2004, p. 163), Kant possuía uma formação ampla, que não só o permitia ensinar os autores alemães, franceses e ingleses contemporâneos, como também colocá-los em prática.

Depois de termos desenhado, em largos traços, o perfil do Kant como educando e educador, vamos fazer um ingresso pontual, nos dois próximos capítulos, no seu pensamento sistemático, abordando, no segundo capítulo, alguns aspectos de sua filosofia teórica, para depois, no terceiro capítulo, resumir a "questão da moralidade" que interessa à nossa investigação. Tudo isso servirá de base para tratarmos, nos dois capítulos finais, das questões especificamente pedagógicas.

Capítulo II

Filosofia teórica:
a questão do conhecimento

Como vimos no capítulo anterior, Kant conseguiu conciliar como poucos sua experiência pedagógica com seu trabalho de filósofo e escritor de grandes obras filosóficas. Seu imenso talento como pensador não o levou a abandonar a sala de aula e o contato com os alunos, pelo menos até sua aposentadoria, em 1797. Para podermos compreender, de modo mais detalhado, as razões que o levaram a manter persistentemente sua duradoura experiência pedagógica e o quanto tal experiência, juntamente com suas ideias sobre educação, está profundamente vinculada com suas ideias filosóficas, precisamos fazer agora, neste capítulo, um pequeno ingresso pontual em sua filosofia crítica, selecionando alguns temas que estão diretamente relacionados com nossos objetivos. Tanto a escolha dos temas como o comentário abreviado impõem, certamente, determinados limites à abordagem, principalmente quando se trata de um pensamento tão profundo e complexo como é o de Immanuel Kant.

O período crítico

A produção intelectual de Kant se estende por mais de cinco décadas, abarcando cerca de 70 obras filosóficas importantes. Ela inicia, ainda em 1749, com seu primeiro livro referente ao trabalho de conclusão de seu curso de graduação na Universidade de Königsberg e continua mesmo depois de sua aposentadoria. Boa parte dessa vasta produção se encontra publicada pela Real Academia de

Ciências de Berlim e outra parte está ainda em preparação por um grupo grande de especialistas que trabalham na organização e edição de suas obras. Vale lembrar também que um número razoável de suas obras, pelo menos algumas das obras filosóficas fundamentais, já se encontra traduzido para o português.

Sua produção intelectual é dividida pelos especialistas em dois grandes períodos, denominados, respectivamente, de pré-crítico e crítico. O período pré-crítico compreende os escritos de juventude, abarcando sobretudo a fase em que Kant atuou como docente privado na Universidade de Königsberg. Esse período está sob a forte influência, por um lado, da metafísica racionalista alemã, representada por filósofos como Gottfried Wilhelm Leibniz (1646-1716) e Christian Wolff e, por outro, das ciências naturais, principalmente pela física de Isaac Newton.

Há duas marcas que caracterizam tal período: a primeira refere-se ao fato de Kant ainda não ser um pensador autônomo e maduro intelectualmente, circulando na órbita tanto da metafísica como da ciência de sua época. A segunda marca, decorrente da primeira, assinala para a crença filosófica de que o puro pensar racional por conceitos, sem a necessária referência às condições sensíveis, seria suficiente para construir um discurso objetivo sobre o mundo. Também integra essa segunda marca, bem ao estilo platônico, a distinção entre sensível e inteligível, tomada como dois mundos à parte, em que o inteligível serve de fundamentos ao sensível.

Portanto, no período pré-crítico, Kant se movimenta, inteiramente de acordo com a metafísica especulativa, na crença sobre a força explicativa dos conceitos puros, sem preocupar-se em estabelecer os limites do emprego da razão pura, sobretudo quando essa se aventura para além da experiência possível. Como núcleo do mundo inteligível, a razão pura já possuiria legitimidade de antemão. Sendo a filosofia o discurso por excelência da razão pura, essa condição lhe outorgava, então, o *status* de primeira ciência.

A obra *Da forma do mundo sensível e do mundo inteligível e de seus princípios*,[4] também denominada de *Dissertação de 70*, é tomada, embora não sem polêmica, como marco divisório entre os dois períodos, assinalando, desse modo, o ingresso do pensamento kantiano no período crítico. Embora, como o próprio título indica, tal obra ainda empregue conceitos da metafísica especulativa e ainda aceite, em linhas gerais, a distinção entre sensível e inteligível como uma distinção entre dois mundos separados entre si, Kant se aproxima do problema crítico fundamental. Sendo assim, atribui força própria e independente às faculdades do conhecimento, tanto à sensibilidade como ao entendimento, mostrando o espaço e o tempo como formas puras da sensibilidade.

O aprofundamento das ideias que constituem o período crítico dá-se progressivamente, sendo precedido por longos anos de silêncio (*"Jahre des Schweigens"*), acompanhados, no entanto, por muita pesquisa e muitos apontamentos. Este longo silêncio, que se estende de 1770 a 1780, ficou conhecido oficialmente como "década silenciosa", na qual Kant publicou pouca coisa e nada de significativo. Pelo acesso hoje a parte do material produzido neste período, através das *Reflexões (Reflexionen)*, das *Observações (Bemerkungen)*, das *Folhas soltas (lose Blätter)*, do conteúdo das *Preleções (Vorlesungen)* e das correspondências (*Briefen*) mantidas por Kant com seus colegas e amigos, podemos constatar não só seu estilo sistemático e metódico de trabalho, como também um pensamento em profunda transformação, que busca obstinadamente descobrir as razões explicativas da paralisia à qual estava submersa a metafísica racionalista. Todo este processo investigativo, ordenado e sistemático, o conduzirá enfim à marca crítica de sua filosofia, revelando a importância da "década silenciosa" para a evolução intelectual de seu pensamento.

---

[4] Como parte da exigência acadêmica alemã da época, tal obra foi escrita em latim com o seguinte título: *De mundi sensibilis atque intelligibilis forma et principiis*.

Contudo, será a publicação, em 1781, de sua maior e mais importante obra, a *Crítica da razão pura* (*Kritik der reinen Vernunft*), que sela definitivamente o ingresso de seu pensamento no período crítico. Tal obra será sucedida por um conjunto de outras publicações, destacando-se, de modo especial, a *Crítica da razão prática* (*Kritik der praktischen Vernunft*), em 1788, e a *Crítica do juízo* (*Kritik der Urteilskraft*), em 1790. No espaço de uma década ele publica, portanto, suas três principais obras, as quais constituem o núcleo de sua filosofia crítica. Todas as três tratam da investigação transcendental, dizendo respeito à pesquisa sobre as condições de possibilidade de algo: do conhecimento a priori de objetos, conectado com a pergunta central o que posso saber? (*Crítica da razão pura*); da ação moral, dizendo respeito à pergunta o que devo fazer? (*Crítica da razão prática*) e da experiência estética, reportando-se à diferença entre juízos teleológicos e reflexionantes (*Crítica do juízo*).

Precisamos lembrar aqui, mais uma vez, de nosso propósito maior, neste pequeno livro, o qual consiste em mostrar que o trabalho estritamente filosófico de Kant sempre foi acompanhado por uma profunda experiência pedagógica. Além disso, principalmente, que sua filosofia sistemática, cujo núcleo é dado pela *Crítica da razão pura*, abre espaço não só à referida experiência, como também para suas convicções educacionais, permitindo-lhe conceber, do ponto de vista sistemático, a educação como uma ideia da razão pura. Isto é, defendemos a tese de que há um fio condutor que cruza a filosofia sistemática de Kant, que o conduz da investigação transcendental das condições de possibilidade do conhecimento *a priori* de objetos para a educação como ideia da razão, passando pelas condições de possibilidade da ação moral e da experiência estética.

O objetivo deste e do próximo capítulo é reconstruir alguns dos traços gerais desse percurso. Neste capítulo, vamos nos ater exclusivamente na *Crítica da razão pura*, mostrando em que sentido a investigação transcendental do conhecimento deixa um espaço aberto para um emprego ampliado da razão e, com isso, não só referente aos problemas morais, mas também formativo-educacionais. Iniciamos com uma apreciação geral sobre o significado grandioso da *Crítica da razão pura*.

O grande oceano banhado por vários rios

Por mais que pesem decisivamente o gênio e o talento do autor de uma grande obra filosófica, é preciso levar em consideração que ela se origina da influência de múltiplas tradições intelectuais. Neste sentido, nenhuma obra nasce do nada ou da simples iluminação do filósofo, uma vez que também é resultado do trabalho paciencioso de investigação que ele faz da história intelectual passada e em vigor na sua época. Se assim foi, por exemplo, com a *República*, de Platão, e a *Metafísica*, de Aristóteles, também o é com a *Crítica da razão pura*, de Kant.

Gottfried Martin, um de seus principais intérpretes alemães da segunda metade do século XX, usa uma metáfora esclarecedora para mostrar o significado gigantesco que essa obra passou a ocupar no cenário filosófico, depois de sua publicação. No prefácio, a primeira edição de *Immanuel Kant: Ontologia e teoria da ciência* (1969), ele compara a *Crítica da razão pura* com um grande oceano, banhado por dois grandes rios, a epistemologia e a ontologia. Com seu estudo, Martin mostra, com clareza, mas não sem polêmica, que a referida obra não pode ser compreendida somente como uma teoria do conhecimento (epistemologia) – e acrescentaríamos nós, depois do estudo de Strawson,[5] nem só como uma "metafísica da experiência" –, mas também como uma metafísica crítica, isto é, como investigação sobre um possível uso legítimo que a razão pura pode fazer quando se aventura para além dos domínios da experiência.

---

[5] Refiro-me aqui ao seu conhecido estudo sobre a *Crítica da razão Pura*, intitulado *The Bounds of Sense* (*O limite dos sentidos*), publicado originalmente em 1966.

No entanto, ao fazê-lo, a razão pura cai em antinomias, ou seja, em conflitos insolúveis, de cuja consciência e de cujo modo adequado de contorná-los depende a possibilidade de seu avanço.

A referência ao estudo de Martin é importante para os nossos propósitos, uma vez que nos abre a possibilidade de ver nessa primeira grande obra de Kant não só a justificação transcendental do conhecimento *a priori*, mas também o espaço aberto para pensar problemas que estão fora das condições sensíveis e, portanto, que não são diretamente objetos da experiência. Metafísica crítica quer dizer, então, isto: que, além de fenômenos, existem noúmenos ou coisas em si mesmas, os quais asseguram, ainda no contexto da *Crítica da razão pura*, um emprego não somente epistemológico, mas também cosmológico e moral para a razão. Nesse sentido, a metafísica crítica, enquanto guardadora de um futuro emprego prático da razão pura, depende do idealismo transcendental, ou seja, da distinção entre fenômenos e noúmenos. Voltaremos a esse tema no início do próximo capítulo.

A grandiosidade da *Crítica da razão pura* reside em tomar a sério a investigação da razão pura, considerada até então o conceito central da metafísica racionalista, proveniente da tradição filosófica moderna, inaugurada na França por René Descartes (1596-1650), como seu *cogito ergo sum* (penso, logo existo). Essa tradição encontra solo fértil para seu desenvolvimento na Alemanha, principalmente na filosofia de Leibniz e Wolff, os quais, por sua vez, foram, inicialmente, os dois grandes mestres da formação filosófica de Kant, ao menos até que este seja despertado de seu "sono dogmático" pelo filósofo escocês David Hume (1711-1776).

O importante a ser destacado, no momento, é que o projeto crítico tem seu início sistemático com o exame interno da razão pura, para avaliar as condições legítimas de seu emprego e para indicar os seus limites. Isso se torna suficiente agora para mostrar o profundo vínculo entre razão

(*Vernunft*) e crítica (*Kritik*), deixando-nos clara a ideia de que a crítica só tem sentido enquanto capacidade de examinar e de pôr à prova o modo como a razão é empregada. Ora, tal procedimento filosófico crítico de exame e de prova será decisivo, como ainda veremos ao longo do livro, para embasar a experiência pedagógica de Kant e sua busca permanente pela maioridade (*Mündigkeit*) intelectual e pedagógica.

Em síntese, com a *Crítica da razão pura*, Kant inaugura uma maneira de pensar, desenvolvendo, de modo inteiramente novo e original, o método de investigação transcendental que trata das condições de possibilidade de algo, no caso especificamente epistemológico, das condições de possibilidade do conhecimento *a priori* de objetos. Já podemos observar, desse modo, a estreita conexão que existe, e que será esclarecida na sequência, entre nova maneira de pensar e método transcendental. É com base nessa conexão que Kant formula o problema crítico fundamental, a saber, como são possíveis juízos sintéticos *a priori*? Também será com base nela que ele procura encontrar uma solução para tal questão.

A arena da batalha: crítica à metafísica racionalista

Em seu núcleo central, a *Crítica da razão pura* precisa ser compreendida como crítica à metafísica. A ocupação com a razão pura e com a metafísica não é exclusividade da filosofia moderna e muito menos só de Kant. A própria filosofia nasce em sua origem grega como investigação sobre o que não é puramente físico, ou seja, sobre aquilo que não se deixa apreender somente pela intuição sensível ou que não cai somente no campo de apreensão sensível. Por isso que a metafísica significa, etimologicamente, o que está além (*meta*) da física, mas não só no sentido de uma ontologia dos dois mundos, de estar além do mundo físico, mas, principalmente, no sentido de mostrar a insuficiência da dimensão sensível, das sensações e das percepções, para investigar aquilo que "é enquanto é" (Aristóteles).

Se a investigação metafísica nasce da insuficiência da percepção sensível como forma do conhecimento verdadeiro, então esse problema já se encontra fartamente documentado, originalmente, pelos diálogos platônicos, de modo especial pelo *Fédon* e pelo *Teeteto*. Este último sobretudo registra, de modo mais equilibrado, a crítica que Platão desenvolve à percepção como única forma do conhecimento verdadeiro, sem deixar de reconhecer, em certo sentido, sua importância para o conhecimento humano. Nesse diálogo, Platão caminha na direção de admitir a percepção como condição necessária, embora não suficiente, do conhecimento verdadeiro, abrindo, com isso, já na Antiguidade, uma possibilidade de diálogo acerca das fontes e da validade do conhecimento; isto é, sobre o papel que as percepções e as ideias desempenham na justificação do conhecimento humano. Esse problema será retomado, com muita força, pela filosofia moderna, traduzindo-se, especificamente, no contexto da filosofia kantiana, no papel desempenhado pelas intuições e pelos conceitos na prova de justificação do conhecimento *a priori* de objetos.

Reservou-se, desse modo, para tudo aquilo que se convencionou chamar de metafísica, um domínio puro, não empírico (além do físico). Como a natureza da reflexão filosófica é racional por conceitos, ela possui, mais do que qualquer outra forma de conhecimento humano – talvez só a matemática se aproxime mais dela –, uma parte que é inteiramente pura, *a priori*, no sentido de independer diretamente do empírico. Desse modo, a filosofia caracteriza-se como um conhecimento racional puro, isto é, movido por conceitos puros. Daí que o próprio Platão, para permanecer no exemplo acima, associou razão discursiva (*logos*) à opinião (*doxa*), para poder tratar filosoficamente do problema do conhecimento humano e de suas condições de verdade. Segundo ele, a própria *doxa* para ser verdadeira precisa vir acompanhada de *logos* e, mesmo quando alcançamos essa condição, ainda "continuamos grávidos e em trabalho de parto com pensamentos em torno do conhecimento" (Teeteto, 210b).

Sendo assim, já em sua origem, a filosofia é um *logos* discursivo em busca do conhecimento verdadeiro. Enquanto *logos* discursivo, ela opera com conceitos puros, referindo-se ao domínio da razão pura. Como dirá Kant, tecnicamente, razão pura é o domínio do conhecimento humano que trata do conhecimento *a priori*, isto é, que opera com conceitos puros, que são independentes do mundo empírico. Portanto, é à tradição dos *logos* discursivo que se vincula Kant, quando trata da razão pura e de sua crítica, mas tendo agora diante de si um problema determinado, apresentado pela metafísica de sua época, enquanto domínio da razão pura. Embora tal problema já esteja presente na origem, isto é, na própria filosofia platônica, ele se acentua, ganhando contornos próprios e bem definidos na metafísica racionalista moderna.

Nos dois prefácios da *Crítica da razão pura*, Kant registra magistralmente os motivos de seu descontentamento filosófico em relação à metafísica racionalista de sua época. Deixa claro, principalmente no primeiro prefácio, por que o debate acerca dos problemas metafísicos se tornou um debate estéril, em que todos têm aparentemente razão sem chegarem a lugar nenhum. Reconhece, antes de tudo, que há algo intrínseco à "razão metafísica" que a faz tratar de certas questões próprias ao espírito humano, que, embora não possa rejeitá-las, também não pode respondê-las inteira e definitivamente. No entanto, a razão não pode viver permanentemente na dúvida, já que cairia em desespero e, para romper com o questionamento frequente, ela recorre aos princípios. Isso caracteriza, então, mais uma vez, a natureza do saber metafísico, como investigação dos princípios últimos daquilo que existe, como o fundamento da experiência residindo além de toda experiência. Problemas típicos dessa ordem são, como mostrará Kant na "Dialética transcendental" da *Crítica da razão pura*, a existência de Deus, da imortalidade da alma e da liberdade da vontade.

O problema maior é que, ao se aventurar para além do mundo da experiência, a razão pura incorre facilmente no erro, precipitando-se na escuridão e não possuindo mais aí nenhuma referência segura. O dilema parece claro: a metafísica, por representar a inclinação natural da razão humana, não pode evitar se estender para além do mundo da experiência, mas, ao fazê-lo, cai em conflito consigo mesma. Sendo assim, ela se torna um campo primordial de batalhas intermináveis, em que todos afirmando coisas distintas e contraditórias entre si pensam ser assim mesmo o dono da verdade.

Há pelo menos, assim Kant monta o cenário, metaforicamente, no prefácio à primeira edição da *Crítica da razão pura*, duas grandes forças em combate no campo de batalha. Por um lado, há a força racionalista, representada predominantemente por Christian Wolff, no âmbito acadêmico alemão da época. O limite dessa tradição consiste em acreditar, sem o emprego da crítica, no poder soberano dos conceitos, ou seja, no poder do pensamento puro. Metafísica racionalista é, sob essa perspectiva, a crença dogmática no poder do pensamento puro. Por outro lado, há os empiristas e os céticos, representados, respectivamente, por John Locke e David Hume: enquanto o primeiro enfatiza o papel dominante das sensações (e percepções) no processo do conhecimento humano, negando a possibilidade do conhecimento que não esteja a elas diretamente vinculado, o segundo põe em dúvida a ideia de princípios ou fundamentos do conhecimento.

Cada uma dessas duas forças representa um perigo para a própria metafísica: os racionalistas, por dogmatizá-la, tornando-a estéril; os céticos, por defender simplesmente o seu fim. No entanto, como essa inclinação natural humana não pode ser eliminada, a tarefa consiste em procurar elevar a metafísica ao *status* de uma ciência, colocando-a acima das batalhas intermináveis e inúteis. Justamente para executá-la é preciso, antes de tudo, submeter a razão pura a uma crítica interna, mostrando suas condições de uso e seus limites. Nesse sentido, crítica que dizer justamente isto: "examinar" e "provar" o assunto, antes de assumir uma posição, seja a favor, seja contra. Tal é a tarefa assumida por Kant na *Crítica da razão pura*, e, por isso, o modelo do tribunal, de colocar a razão pura no tribunal, seduz-lhe enormemente. Se ele conseguiu realmente executar essa tarefa, conduzindo a metafísica à condição de uma ciência, isso ainda é matéria de muita controvérsia entre seus especialistas. Muitos pensam que Kant, se não fracassou nessa tarefa, pelo menos a abandonou no meio do caminho.

Mudança na maneira de pensar: o conteúdo da revolução copernicana

Se no prefácio à primeira edição da *Crítica da razão pura* Kant demonstra certo otimismo em relação à possibilidade da metafísica como ciência, no prefácio à segunda edição da mesma obra, escrito seis anos depois, em 1787, ele retoma sua preocupação com a situação delicada na qual a metafísica se encontrava. Ele oferece aí, ao mesmo tempo, um balanço detalhado sobre as razões que conduziram as outras ciências ao progresso. Reivindica, por fim, o mesmo para o campo metafísico. Como a analogia à revolução copernicana emerge do contexto desse balanço sobre o desenvolvimento das outras ciências, precisamos reconstruí-lo brevemente.

O objetivo maior de Kant é encetar a metafísica no mesmo caminho seguro alcançado pelas outras ciências, pois, enquanto estas progrediram em passos largos, a metafísica não passava de um tatear, e o que era ainda pior, de um tateio entre meros conceitos. Ele toma como referência, para efetuar o referido balanço, as três formas de conhecimento aceitas consensualmente como ciências que progrediram, a saber: a matemática, a lógica e a ciência natural. A lógica, embora tenha alcançado esse caminho seguro desde a Antiguidade, é uma ciência que contém apenas as regras formais de todo o pensamento. Nesse sentido, seu sucesso é obra, segundo Kant, da própria limitação, ou seja, de se abstrair de todos os objetos do conhecimento, fazendo o entendimento ocupar-se exclusivamente consigo mesmo e com sua forma (KrV, B IX). De qualquer modo, o importante a assinalar é que ela teria alcançado à sua maneira o caminho seguro de uma ciência.

A matemática, por sua vez, revolucionou seu conhecimento no momento em que o matemático compreendeu que, para saber com certeza algo *a priori*, ele não deveria acrescentar nada na coisa além daquilo que seguia necessariamente do que fora posto nela pelo próprio conceito (KrV, B XII). Ou seja, o caminho seguro foi alcançado quando a matemática se apoderou da ideia de que a produção por construção se dá de modo *a priori*, por meio do uso de conceitos introduzidos pelo próprio pensamento.

Por fim, no âmbito das ciências naturais, especialmente da física, a revolução aconteceu quando a razão descobriu que só poderia compreender o que ela produz de acordo com o próprio projeto, que deveria formular princípios conforme leis constantes, fazendo a natureza responder às perguntas postas previamente. Ou seja, a física conseguiu alcançar o caminho seguro de uma ciência porque foi capaz de compreender que a razão é fonte produtora de seu conhecimento, colocando-a na condição de um juiz capaz de exigir de suas testemunhas a resposta das perguntas que lhes são feitas (KrV, B XIII). Dessa maneira, a semelhança no modo de pensamento entre a matemática e a física é a descoberta que ambas fizeram sobre a importância de se colocar a razão no centro da investigação, permitindo, enfim, que o sujeito pudesse determinar de modo *a priori* os objetos.

Em síntese, esse balanço crítico das ciências de sua época mostrou a Kant o fato decisivo de que elas alcançaram o caminho seguro da ciência na medida em que conseguiram justificar a razão como fonte produtora de seu conhecimento *a priori*. É esse exemplo que lhe servirá de referência para experimentar algo semelhante no domínio da metafísica.

Se as outras ciências progrediram em passos largos, a metafísica simplesmente estagnou, transformando-se num campo de batalhas, no qual cada força em disputa reivindica a verdade para si. Para alcançar a posição de ciência, falta-lhe, no entanto, a segurança (objetividade), o planejamento (método) e o acordo (consenso) entre seus colaboradores. Nesse sentido, para que seja elevada novamente à posição de um conhecimento respeitado, ela precisa, do mesmo modo que as outras ciências, efetuar uma revolução na maneira de pensar. Para realizá-la, Kant serve-se da analogia com a revolução copernicana.

Copérnico foi responsável por fazer girar o espectador ao perceber que os astros permaneciam imóveis ao seu redor. É este "fazer girar o espectador" que importa como analogia para Kant, uma vez que permite tirar a razão da condição de passividade na qual ela se encontrava em relação aos objetos. Se antes era o objeto que a determinava, agora, com a revolução copernicana, é a razão que inversamente o determina (KrV, B XVI). Ora, na medida em que se mostra que a razão possui a capacidade de determinar os objetos de modo *a priori*, com isso ganha força também a ideia de que o próprio sujeito é capaz de constituir o mundo de uma experiência possível. Da revolução copernicana resulta, então, uma teoria da constituição subjetivo-transcendental da experiência: a razão humana possui a capacidade de determinar de modo *a priori* os objetos de sua experiência possível. Em outros termos, o sujeito transcendental tem a força para constituir o mundo de uma experiência possível. Com isso, a filosofia transcendental legitima-se como teoria da constituição da experiência possível (HOSSENFELDER, 1978).

No entanto, a investigação sobre o modo como o sujeito a constituiu e sobre as condições transcendentais que o permitem fazê-lo Kant expõe sistematicamente, na primeira parte da *Crítica da razão pura*, a qual contempla tanto a "Estética transcendental", como a "Analítica transcendental". Antes de comentar alguns aspectos dessa investigação, precisamos dizer algo sobre a natureza do próprio método transcendental.

A natureza transcendental do método

O método, no sentido da ciência moderna, tem se associado diretamente com a noção de experimento, implicando, de modo geral, os procedimentos técnicos e instrumentais necessários para realizar determinada experiência empírica. No campo especificamente educacional, a discussão metodológica se associou estreitamente à didática, resumindo-se, na maioria das vezes, nos recursos didáticos mais adequados para assegurar a relação pedagógica entre professor e aluno. Desse modo, um entendimento metodológico estreito da didática tendeu a reduzi-la meramente a técnicas de ensino. Depois disso, passou-se a considerar que o perfil de um bom educador reduzia-se ao domínio das técnicas de ensino, marginalizando-se com isso a questão do domínio do conteúdo e da maneira de pensar como constitutivos centrais do processo pedagógico.

A questão do método é vital à filosofia desde sua origem. No entanto, o método não possui obviamente o sentido que determinada versão tanto da ciência moderna como da didática pedagógica quis lhe imputar. Possuindo uma significação mais ampla, está diretamente associado com a questão do próprio pensamento, mais precisamente, com a maneira de pensar. Já em seu sentido etimológico grego, a noção de método aponta para o caminho, mas no sentido de caminho do pensamento. Com isso, fica claro, então, que em filosofia a decisão metodológica é central porque diz respeito à decisão sobre a forma de pensamento a ser adotada para tratar de determinado problema. Por sinal, é a própria postura metodológica, diretamente associada com a forma de pensar, que incidirá na própria formulação do problema. Por conseguinte, a maneira adequada de colocar um problema e de tratá-lo depende também e, fundamentalmente, de uma decisão metodológica.

Nesse contexto, já podemos antecipar um aspecto do alcance pedagógico desta discussão. Primeiro, um alcance pedagógico mais amplo: uma vez que a didática deixa de ser entendida simplesmente como uma questão de técnica de ensino e passa a ser compreendida como uma forma de pensamento, então isso pode nos conduzir a mudar a própria compreensão do processo pedagógico, especificamente, da relação entre professor e aluno. Compreendida na perspectiva de formas de pensamento, tal relação tem mais condições de elevar os envolvidos no processo pedagógico à condição de poder pensar por si mesmos. Em segundo lugar, no caso particular de Kant: o método como forma de pensamento e, mais precisamente, como revolução na maneira de pensar (*Dekungsart*) terá influência decisiva tanto em sua experiência pedagógica como também no seu ideal do esclarecimento (*Aufklärung*) como maioridade pedagógica.

Juntamente como a revolução copernicana e também como decorrência dela, Kant pensou estar fundando um novo método filosófico de investigação que ele denominou de método transcendental. Para compreender a especificidade desse novo método, é preciso não confundi-lo com algo transcendente. O próprio Kant faz questão de destacar que transcendental não é o mesmo que transcendente, e nessa diferença repousa o próprio esforço dele em se distanciar tanto da metafísica tradicional como da teologia, uma vez que ambas requerem, cada uma a sua maneira, o transcendente: a metafísica tradicional no sentido da distinção ontológica entre sensível e inteligível, admitindo este último como algo além e fora do sensível; a teologia, de forma ainda mais clara, na medida em que concebe Deus como a forma suprema de transcendência, colocando-O num plano infinitamente superior do sensível, obviamente também fora e acima dele, mas operando como seu fundamento.

Ora, transcendental para Kant não possui nenhum desses dois significados, uma vez que não é algo que está além, mas sim "aquém" da experiência. Há duas passagens importantes da *Crítica da razão pura* que auxiliam esclarecer essa difícil questão. A primeira é B 25; a segunda, B 80. No conjunto, elas nos oferecem uma visão introdutória e aproximada, embora não sem controvérsia, do que é transcendental.

Na primeira passagem, Kant define transcendental como "todo o conhecimento que em geral se ocupa não tanto com os objetos, mas com nosso modo de conhecê-los na medida em que são possíveis *a priori*" (KrV, B 25). Há muitas considerações a serem feitas sobre tal passagem. A primeira delas é que a ênfase dessa definição recai sobre a diferença entre o conhecimento que se ocupa diretamente com a descrição de objetos – e Kant tem em mente certamente as ciências empíricas – e aquele que se ocupa com a forma de conhecê-los. A segunda consideração, decorrente da primeira, é que transcendental tem a ver com a forma do conhecimento de objetos. E, por fim, chegamos, então, à definição de transcendental como forma de conhecimento que se ocupa com a possibilidade *a priori* dos objetos. Neste sentido, nem todos os objetos caem no campo da reflexão transcendental, mas somente aqueles que são possíveis *a priori*.

O reforço dessa definição de transcendental como investigação das condições de possibilidade é dada justamente pela passagem B 80. Kant destaca aí que o importante para o método transcendental não é a pergunta sobre o que é o conhecimento nem sobre o que é o objeto, mas sim sobre como é possível o conhecimento *a priori* de objetos. Simultaneamente, ele reserva o emprego do termo transcendental para a crença de que há certas representações, intituladas por ele de intuição e conceito, que possuem um emprego que é absolutamente *a priori*, isto é, que vem antes da experiência e que funciona como sua condição de possibilidade. Por fim, na passagem seguinte, em B 81, Kant atribui dupla característica ao transcendental, afirmando que possui uma origem não empírica e se relaciona de modo *a priori* com os objetos de uma experiência possível.

Com base nisso, podemos concluir que ao método transcendental é reservado o tipo de investigação que se ocupa com as condições de possibilidade do conhecimento de objetos, mas somente daqueles que são possíveis a *priori*. Do ponto de vista cognoscitivo (epistemológico), o método remete, então, para a investigação da estrutura transcendental que reside no sujeito e que o possibilita constituir o mundo de uma experiência possível. Investigação transcendental é, assim, o procedimento metodológico que pretende mostrar as condições que tornam possível a teoria da constituição dos objetos.

A noção transcendental de método proposta por Kant revolucionou a discussão moderna sobre a natureza do saber filosófico. Independentemente de ter que nos posicionarmos sobre sua atualidade, pensamos que o mais importante é que ele chamou a atenção decididamente, ao desenvolver seu método transcendental, para a importância da maneira de pensar como uma questão constitutiva da reflexão filosófica. Kant abriu, com isso, a possibilidade para que o campo pedagógico não se reduzisse apenas à compreensão da didática como uma técnica de ensino. Como ainda veremos no último capítulo deste livro, é sua concepção de filosofia como maneira de pensar (justificada) que também o impulsionou a conceber a pedagogia como um estudo.

A razão pura limitada ao mundo da experiência: sensibilidade e entendimento

Com a revolução copernicana realizada e com o método transcendental em mãos, Kant parte para a investigação da referida estrutura transcendental. Os resultados se encontram expostos nas duas partes iniciais da *Crítica da razão pura*, intituladas, respectivamente, de "Estética transcendental" e de "Analítica transcendental". A questão-chave que as movimenta é saber em que termos é possível fazer um emprego objetivamente válido dos conceitos puros do entendimento para o mundo da experiência. O problema coloca-se, mais precisamente, se e em que condições os conceitos puros podem constituir um sentido válido de experiência. Um tratamento adequado para esse problema implica oferecer, ao mesmo tempo, uma resposta satisfatória para a grande questão da *Crítica da razão pura*, a saber, como são possíveis juízos sintéticos *a priori*?

Ao pôr o problema do juízo, Kant retoma, na verdade, uma questão clássica e cara à filosofia, mas, dessa vez, com uma roupagem inteiramente nova. Ele parte da convicção filosófica fundamental de que todo o conhecimento humano é judicativo, ou seja, é um conhecimento discursivo. Sendo assim, uma tarefa elementar e primeira de toda a teoria do conhecimento e, enfim, de todo o filósofo, é explicar em que consiste propriamente um juízo e em que termos ele, se diferenciado do objeto, pode constituí-lo objetivamente. Para explicar o que é um juízo, Kant associa-o ao conceito, definindo este, por sua vez, como "representação de uma representação" e assegurando com isso sua relação mediata, mas não imediata, com o objeto. Deste modo, o conceito torna-se um juízo na medida em que é representação da representação de um objeto. Por fim, Kant termina por restringir todas as ações do entendimento aos juízos, de maneira que o próprio entendimento possa ser concebido como uma faculdade de julgar (KrV, B 94).

Antes de provar a validade objetiva do conhecimento *a priori* de objetos, Kant chega a um importante resultado em relação à ontologia clássica: desloca o sentido último do objeto para o juízo, fazendo-o repousar na estrutura transcendental da subjetividade, isto é, tecnicamente, na "unidade sintética originária da apercepção". Essa inversão é significativa porque permite derivar as condições de possibilidade dos objetos da estrutura transcendental da subjetividade. Aqui, assim como em todos os outros problemas seguintes da filosofia crítica, vemos a influência marcante da revolução copernicana, ou seja, vemos o quanto a determinação da razão sobre o objeto assegura um papel constitutivo à subjetividade transcendental. Do ponto de vista sistemático, porém, o problema fundamental consiste, justamente, em demonstrar quais são as condições transcendentais da subjetividade e como elas são fundamentadas. Além disso, e aqui reside sua polêmica, trata-se de ver se o conteúdo desta prova (dedução transcendental) está suficientemente justificado. Esse, assim como tantos outros problemas da *Crítica da razão pura*, é um grande divisor de águas entre os seus especialistas.

A justificação sobre as condições transcendentais da subjetividade desenvolve-se no interior da "Estética transcendental", no sentido de apresentar a sensibilidade como uma das faculdades transcendentais do conhecimento e, ao mesmo tempo, de justificar o espaço e o tempo como formas puras da intuição. Deste modo, o objetivo da "Estética" é mostrar que espaço e tempo, enquanto formas puras da intuição, são as condições de possibilidade, do lado da sensibilidade, do conhecimento *a priori* de objetos. Se a justificativa procede, então Kant tem uma parte do problema resolvida. Mas falta ainda a parte do entendimento (*Verstand*), uma vez que a estrutura transcendental subjetiva, além de ser constituída pela sensibilidade (*Sinnlichkeit*), o é pelo entendimento.

A tentativa de resolução dessa outra parte do problema ocorre no interior da "Analítica transcendental", a qual se insere na parte da *Crítica da razão pura* denominada de "Lógica transcendental". Os passos da prova são longos e obscuros. Depois de ter definido o entendimento como faculdade de julgar e de ter associado a ele os conceitos puros, os quais são derivados da tábua aristotélica de juízos, Kant procura mostrar, por meio de uma dedução transcendental, em que sentido os conceitos puros do entendimento possuem validade objetiva. Se a dedução foi bem-sucedida, então a segunda parte do problema também estaria resolvida.

Em síntese, a primeira parte da *Crítica da razão* pura procura limitar o emprego da razão pura ao âmbito da experiência possível. Chega ao resultado de que é possível um uso legítimo dela porque o sujeito cognoscente dispõe de uma estrutura transcendental constituída, do lado da sensibilidade, pelo espaço e tempo e, do entendimento, pelos conceitos puros, que operam como condições de possibilidade da experiência. Ou seja, são essas condições que tornam a experiência possível e também são elas que limitam o emprego teórico da razão pura.

No entanto, ao limitar tal emprego, essas condições não podem e, segundo Kant, não devem impedir que a razão pura se aventure além da experiência possível. Sendo assim, trata-se agora de limitar o uso da razão pura quando ela vai além da experiência. Essa tarefa compete à "Dialética transcendental", a qual constitui, do ponto de vista organizacional da obra, a segunda parte da "Lógica transcendental".

A razão pura estendida além do mundo da experiência: as ideias

Se a *Crítica da razão pura* tivesse se restringido somente à sensibilidade e ao entendimento, somente à intuição e ao conceito, então ela seria somente uma teoria transcendental do conhecimento. Mas a "Lógica transcendental" é completada pela "Dialética transcendental", e, desse modo, além das faculdades transcendentais do conhecimento, além da sensibilidade e do entendimento, há a razão (*Vernunft*), em sentido amplo. Agora se somam às intuições (*Anschauunge*) e aos conceitos (*Begriffen*) também as ideias (*Ideen*) da razão pura.

Para a "Dialética transcendental" confluem os problemas metafísicos clássicos, como, a origem do mundo, a existência de Deus, a imortalidade da alma e a liberdade da vontade. Sendo assim, esta parte da obra condessa também os riscos, os dilemas e as contradições que surgem à razão pura, quando essa se aventura para além da experiência. Daí a importância de indicar os limites dessa peripécia e justificar as condições do uso legítimo da razão pura. "Antinomia" é o termo técnico encontrado por Kant para definir os dilemas que surgem disso.

A parte dos conflitos antinômicos talvez seja a mais importante da "Dialética transcendental", senão da *Crítica da razão pura* como um todo. Primeiro, cabe uma pequena menção sobre o termo "dialética". Kant não o emprega somente no uso convencional para indicar a luta dos opostos ou para vincular à práxis dialógica no sentido socrático, mas principalmente como lógica da ilusão e o faz justamente para enfatizar os conflitos insolúveis que surge à razão pura. Nesse âmbito, "transcendental" seria, então, a forma adequada de contornar tais conflitos, portanto, a "Dialética transcendental" significa a proposição sugerida por Kant, como um todo, para tratar de modo mais adequado dos conflitos metafísicos insolúveis.

Assim, Kant organiza os dilemas clássicos na forma de conflitos antinômicos, apresentando tese e antítese como dois modos diferentes e contraditórios de se compreender o mesmo problema. Tanto uma como outra se regem por princípios próprios, e o conflito surge quando uma quer fazer valer para a outra, de modo absoluto, os princípios válidos para seu âmbito. O contorno do conflito só é alcançado quando o emprego da razão pura é limitado aos princípios que valem, respectivamente, para o âmbito da tese ou da antítese. Caso exemplar é solução do terceiro conflito antinômico, na qual é mostrado que necessidade e liberdade têm validade para o âmbito a que se referem. No próximo capítulo, voltaremos a tratar, especificamente, do terceiro conflito antinômico.

Se a resposta dada por Kant significou efetivamente um contorno dos conflitos insolúveis, também isso é matéria de muita controvérsia entre os especialistas. De qualquer forma, interessa-nos assinalar agora, em forma de conclusão, que a "Dialética transcendental" constitui um esforço genuíno de ampliar o emprego da razão pura, proporcionando-o ir além do vínculo entre intuição e conceito. Essa ampliação ficaria assegurada, primeiramente, pela própria significação técnica que o termo ideia (*Idee*) recebe, o qual Kant define como tudo aquilo que não possui um objeto congruente na experiência. Neste sentido, as ideias da razão pura abrangem tudo aquilo que está fora do vínculo entre intuição e conceito e, portanto, que vai além do âmbito da experiência. Rigorosamente falando, as ideias não podem ser objetos de conhecimento, mas sim de pensamento.

Se não podemos conhecer o que vai além de uma experiência possível, podemos ao menos pensá-lo. Deste modo, a diferença entre conhecer (*Erkennen*) e pensar (*Denken*) e o reconhecimento de um uso legítimo deste último caracteriza a ampliação do emprego da razão pura. Não podemos saber ao certo se tal saída de Kant não possui sentido muito mais diplomático do que filosófico; em todo caso, ele pode, com isso, deixar um espaço aberto para pensar no coração de uma teoria transcendental do conhecimento sobre problemas metafísicos, morais e pedagógicos.

Em síntese, esse esforço de ampliação é importante para os nossos propósitos, já que ele comprova que Kant não reduziu o papel do filósofo somente à justificação transcendental do conhecimento, mas também a pensar sobre questões que vão além da conexão entre intuição e conceito e que, portanto, estão além do problema da validade objetiva dos conceitos puros do entendimento. Do universo dessas questões fazem parte não só a moralidade, a política, a estética, mas também a educação. Se com isso temos uma ideia ampliada da tarefa do filósofo transcendental, então é parte dela tratar a educação como uma ideia da razão.

Essa ampliação de tarefa nada mais faz, em última instância, do que impelir o próprio filósofo transcendental a mergulhar na experiência pedagógica, a investir na relação pedagógica, visto que passa a concebê-la como uma maneira de "realizar" a ideia de educação e, com ela, de contribuir para que a humanidade se aproxime cada vez mais da moralização. Se no período pré-crítico Kant já possuía forte motivação para desenvolver sua experiência pedagógica, agora, no período crítico, ainda mais por razões sistemáticas, liberado do peso da empiria e das amarras metafísicas, ele pode intensificá-la. Ao lado do lógico e do metafísico, vemos surgir, soberanamente, o grande educador, mergulhado na experiência pedagógica, buscando com ela tanto a sua maioridade como a de seus educandos.

Capítulo III

Filosofia prática: a questão da moralidade

Com a *Crítica da razão pura*, Kant pretendeu ter estabelecido as condições do uso teórico da razão pura, limitando-o ao conhecimento *a priori* de objetos. Fez o núcleo de tais condições repousar, pelo lado da sensibilidade, no espaço e no tempo, concebendo-os como formas puras da intuição; de outra parte, pelo âmbito do entendimento, nos conceitos puros. Para dar legitimidade a tal uso, procurou atribuir validade objetiva aos conceitos puros, conectando-os à intuição por meio de uma dedução, a qual ele denominou também de "transcendental". Na sequência, procurou limitar o uso especulativo da razão pura, contornando, por um lado, os conflitos antinômicos e, por outro, mostrando a função reguladora das ideias da razão pura. O aspecto decisivo disso tudo é que o filósofo de Königsberg limitou o uso teórico da razão pura ao mundo da experiência possível sem impedir outros usos dela. Isto é, procurou legitimar o emprego teórico da razão pura ao mesmo tempo em que deixou um espaço aberto para outros possíveis empregos dela, incluindo neles também o moral e o pedagógico.

Neste capítulo nos concentramos em resumir alguns traços do uso prático-moral da razão pura. Como do ponto de vista sistemático tal uso depende daquele lugar vazio (*leerer Platz*) deixado pelo emprego teórico da razão pura, é com ele que devemos iniciar nossa exposição.[6] Isso fará

---
[6] Com este tema, ocupei-me em detalhes na minha tese de doutorado (DAL-BOSCO, 2002).

com que nos ocupemos, nos dois primeiros tópicos deste capítulo, ainda com a *Crítica da razão pura*, mais precisamente, com a distinção entre fenômenos e noúmenos e com a ideia transcendental de liberdade.

Distinção entre fenômenos e noúmenos: o idealismo transcendental

Kant conclui a exposição da "Analítica transcendental" com a introdução de um pequeno capítulo intitulado "Do fundamento da distinção de todos os objetos em geral em *phaenomena* e *noumena*". É muito significativo o fato de que ele conclua a prova de legitimidade do emprego teórico da razão pura com este capítulo e, ao mesmo tempo, empregue-o para preparar a exposição seguinte, que tem como objetivo limitar o uso especulativo da razão pura, desenvolvida no interior da "Dialética transcendental". Deste modo, a distinção entre fenômenos e noúmenos possui o papel sistemático de indicar os limites de ambos os empregos, o teórico e o especulativo, e preparar, no interior da *Crítica da razão pura*, o futuro emprego prático-moral da razão, a ser tratado tanto na *Fundamentação da metafísica dos costumes* (1785), como na *Crítica da razão prática* (1788).

A distinção entre fenômenos e noúmenos é parte constitutiva central do idealismo transcendental, doutrina esta desenvolvida por Kant para diferenciar sua filosofia crítica de outras formas de idealismo existentes na época, especialmente, do idealismo cartesiano. Com a referida distinção, ele estabelece uma linha divisória entre o cognoscível e o incognoscível e limita o âmbito onde a razão pura está autorizada a conhecer e onde ela pode somente pensar. De outra parte, da distinção entre fenômeno e noúmeno, também resulta, como outra tese básica do idealismo transcendental, a dupla perspectiva de se considerar um e mesmo objeto, uma e mesma ação, a saber, a perspectiva fenomênica e a perspectiva nomênica (DALBOSCO, 2002). Considerando a complexidade do tema, precisamos enfrentá-lo por etapas, iniciando com o esclarecimento da terminologia implicada na discussão, isto é, o significado de "fenômeno" e "noúmeno".

Por "fenômeno", entende Kant o conjunto das representações sensíveis que possui como matéria a sensação e como forma o espaço e o tempo. O fenômeno representa a dimensão do objeto que nos aparece e que é cognoscível por nós. Como cognoscível, ele é evidentemente constituído pelas condições transcendentais do conhecimento, ou seja, é resultado da operação empreendida pela sensibilidade e pelo entendimento. "Noumeno", por sua vez, significa o objeto considerado a partir da natureza que possui em si mesmo. Não é objeto de nossos sentidos e, por isso, não pode ser conhecido. Ele é, em sua significação negativa, como nos diz Kant, uma coisa na medida em que não é objeto de nossa intuição sensível. Como incognoscível, o noúmeno é a dimensão do objeto que está fora de nossas condições transcendentais. Em síntese, "fenômeno" e "noúmeno" significam a dupla dimensão de um e mesmo objeto: "fenômeno" é o que no objeto aparece; "noúmeno" é a dimensão do objeto que é em si mesmo e que não aparece.

Com a distinção entre "fenômeno" e "noúmeno" e com a dupla perspectiva de consideração de um e mesmo objeto, também denominada de "teoria do duplo ponto de vista", Kant indica os limites do emprego teórico da razão pura.[7] Ele estabelece, com isso, o âmbito fenomênico, ou seja, a dimensão que aparece do objeto, como o âmbito legítimo do conhecimento *a priori*. Isso significa dizer, em outros termos, que qualquer uso que os conceitos puros do entendimento forem fazer fora desse âmbito é um uso abusivo e, por isso, sem sentido. No entanto, e aqui reside o aspecto que nos interessa diretamente da doutrina do idealismo transcendental, ao limitar o emprego teórico da razão pura, o noúmeno deixa um lugar vazio, um espaço aberto, para outros possíveis

---

[7] Gerold Prauss (1989) oferece, a esse respeito, uma das interpretações mais originais e profundas, embora difícil.

empregos dessa. Esse espaço vai sendo preenchido progressivamente por Kant, primeiro, ainda no interior da *Crítica da razão pura*, quando assegura a possibilidade da liberdade transcendental, colocando-a como fundamento da liberdade prática e mostra, depois, na *Fundamentação da metafísica dos costumes*, o imperativo categórico como lei suprema da moralidade, para concluir, finalmente, na *Crítica da razão prática*, com a lei moral como um fato da razão.

A distinção entre "fenômeno" e "noúmeno" assegura, então, um percurso sistemático empreendido pelo pensamento de Kant, no qual fica assegurado um uso ampliado da razão pura. Tal distinção garante, antes de tudo, que o emprego da razão pura não se restrinja somente ao conhecimento *a priori* de objetos; ou seja, dito positivamente, que tenha outros empregos, como o moral, o estético e também o pedagógico. Nesse contexto, torna-se interessante, para nossa investigação, o fato de que há uma significação moral e pedagógica que se origina dessa distinção que, além de legitimar um emprego ampliado da razão pura, também se torna certamente uma das principais razões que impulsionaram a longa e profunda experiência pedagógica do filósofo de Königsberg.

Ora, o metafísico crítico que está preocupado em limitar o emprego teórico da razão pura sem, simultaneamente, impedir seus outros usos possíveis é o mesmo que, na mesma época, entra diariamente para dentro da sala de aula, relaciona-se com seus alunos, oferecendo preleções, inclusive sobre geografia física e pedagogia. Em síntese, o lógico e o metafísico crítico que desenvolve a teoria do noúmeno negativo para limitar o emprego teórico e o especulativo da razão pura é o mesmo que acredita em sua experiência pedagógica como maneira de elevar a ação humana (no caso, principalmente, a ação da juventude) ao nível da maioridade. Se isso é assim, então o noúmeno possui em sua origem uma significação eminentemente prática, tanto moral como pedagógica: Kant pense nele para poder dar conta da pluralidade de intenções inerentes à ação humana, evitando tornar a razão prisioneira tanto da experiência possível constituída pela atividade transcendental do sujeito cognoscente como da aventura filosófica que se estende acima da experiência sem fazer uso crítico de tal extensão.

Do ponto de vista pedagógico, o noúmeno, como ideia normativa da razão, representa todo o vir a ser que aparece na relação pedagógica, tanto em relação ao educador como ao educando. Ele representa, em síntese, as potencialidades ainda não manifestadas, principalmente do educando, e que podem ser desenvolvidas no processo pedagógico. Tanto do ponto de vista moral como do pedagógico, o noúmeno sintetiza aquela capacidade inerente à ação humana de iniciar por si mesma a todo o momento um novo estado e, por isso, representa, em certo sentido, o impossível de ser determinado cognoscitivamente na relação pedagógica e que nem por isso deixa de ter sentido. Ao contrario disso, revela-se como o âmbito de todas as manifestações morais e estéticas que não podem ser simplesmente apreendidas por categorias lógicas.[8]

Considerando, então, que o noúmeno (coisa em si) conduz diretamente à liberdade transcendental e que esta é o fundamento tanto da moralidade como da ação pedagógica, vamos tratar agora de alguns de seus aspectos, concentrando-nos na terceira antinomia da razão pura. Como podemos observar, vamos permanecer ainda por mais um instante no interior da *Crítica da razão pura*.

A condição de iniciar por si mesmo um novo estado

Kant foi, entre os filósofos modernos, ao lado de Rousseau, um dos que melhor compreenderam a importância da liberdade para justificar o conteúdo moral da ação humana e também para pensar seu grau de autonomia possível ante

---

[8] Renate Engel oferece um bom estudo sobre os aspectos formativos e educacionais implicados na doutrina kantiana da coisa em si e, portanto, na distinção entre "fenômenos" e "noúmenos" (ENGEL, 1996).

os condicionamentos naturais, sociais e culturais. Entre poucos, viu na liberdade a pedra de toque da racionalidade humana e de sua relação com a moralidade. Em síntese, viu nela a condição para pensar o nexo entre esclarecimento (*Aufklärung*) e maioridade (*Mündigkeit*), pondo-os na base de uma sociedade cosmopolita e democrática.

Ora, se a liberdade desempenha papel sistemático em suas convicções filosóficas, possuindo um significado tão profundo como esse, então não é de se estranhar que Kant ofereça-lhe uma "fundamentação forte", que também servirá aos seus propósitos de justificar o emprego prático da razão pura. Tal fundamentação ocorre ainda no interior da *Crítica da razão pura*, mais precisamente, no terceiro conflito antinômico. Da tentativa de resolução da terceira antinomia resulta a liberdade transcendental, a qual nada mais é do que a fundamentação de seu sentido forte. Por liberdade transcendental, entende ele, em uma das definições mais importantes, "a capacidade de começar por si mesmo um evento" (KrV, B 561). Vejamos como tal definição se insere no contexto do referido conflito antinômico e que significação mais ampla, inclusive pedagógica e moral, ela carrega.

A terceira antinomia segue, no geral, a mesma estrutura esquemática das outras três, ou seja, é apresentada em forma de tese e de antítese. Em disputa está a possibilidade ou não da liberdade. Enquanto a tese admite uma causalidade mediante a liberdade, a antítese nega-a em nome da centralidade das leis da natureza. Para cada uma delas, é apresentada uma extensa prova que justifica as razões do porquê uma e outra estariam certas. Enquanto a tese representa o ponto de vista do metafísico dogmático, a antítese caracteriza a posição do filósofo natural. Em jogo está, portanto, o conflito entre liberdade e natureza. Interessa-nos agora tão somente pontualizar a solução oferecida por Kant e extrair algumas conclusões, especificamente, para o tema de nossa investigação. Queremos nos valer, nos próximos dois parágrafos, de uma reflexão já desenvolvida em outro lugar (DALBOSCO; EIDAM, 2009, p. 41ss).

Com a solução da terceira antinomia, Kant procurou mostrar que a liberdade e a natureza são dois conceitos compatíveis, porque ambos dizem respeito a dois modos diferentes de se considerar uma e mesma ação do sujeito, em seu caráter empírico e inteligível. Vista pela ótica inteligível, a ação humana pode exercer influência nos acontecimentos do mundo, porque é fonte de um poder, a liberdade transcendental, que pode iniciar por si mesmo, independentemente das determinações espaços-temporais, um evento. Esse poder se mostra somente às ações que estão mediante uma intenção prática, isto é, na medida em que são orientadas por imperativos. Assim, o dever (*Sollen*) expressa um modo de causalidade (*Art der Kausalität*) que não aparece na natureza (KrV, B 575).

Quando as ações humanas são submetidas à razão em sua intenção prática, pode surgir outra regra ou outra ordem, as quais são completamente diferentes da ordem natural: "Pois neste caso talvez *não deveria ter ocorrido* tudo aquilo que, no entanto, *ocorreu* conforme o curso da natureza" (KrV, B 578). A legitimidade do caráter inteligível é justificada, portanto, através do recurso a um tipo de causalidade que está fora da determinação espaço-temporal, ou que não pode ser contada como parte da estrutura conceitual responsável pela constituição de uma experiência possível. Ela está baseada num conceito de razão que "é a causa de sua própria *produção*" (KrV, B 578).

Deste modo, o conflito aparentemente inconciliável entre liberdade e natureza fica resolvido pela teoria do duplo ponto de vista, isto é, pela ideia de que ao ser humano compete, graças a sua potencialidade racional, adotar tanto o ponto de vista empírico como o inteligível, e, quando adota este último, sua ação pode fazer diferença significativa nos eventos do mundo.

Uma leitura como esta que estamos propondo da terceira antinomia não a concebe apenas como um conflito cosmológico, que restringe o conflito entre natureza e liberdade à explicação sobre a origem de um evento no mundo, mas principalmente como o esboço de uma teoria transcendental da ação, que auxilia a pensar sobre a possibilidade de uma "espontaneidade absoluta" no âmbito fenomênico e sobre o significado que isso tem, em sentido mais amplo, para o problema da coordenação da ação humana e, especificamente, para a coordenação da ação pedagógica. Se coordenada do ponto de vista racional e, especificamente, moral, tal ação pode fazer diferença expressiva na relação entre educador e educando e sobretudo na formação do educando.

Com isso, a solução oferecida por Kant à terceira antinomia tem para os nossos propósitos duplo alcance. Primeiro, na medida em que a antítese mostra-se insuficiente para refutar a tese e a liberdade transcendental, fica assegurado como uma possibilidade (lógica), então, o emprego teórico da razão pura; uma vez limitado às condições sensíveis, não pode eliminar o significado "forte", transcendental de liberdade. Sendo assim, fica garantida a possibilidade do sujeito agente sempre iniciar por si mesmo um novo evento no mundo, mesmo sabendo que vive mediante as leis naturais, impondo-se respeitosamente ao poder de suas forças. Em outros termos, se a espontaneidade absoluta da ação humana é possível, então o determinismo absoluto não procede, e o ser humano possui as forças suficientes para não se deixar engolir completamente pelas forças externas, incluindo entre elas as leis naturais. Ora, o princípio da maioridade (*Mündigkeit*) reside justamente aí, em o sujeito não se deixar "engolir" por inteiro pelas forças externas e ter a coragem de dar fluência à espontaneidade absoluta da qual é portador. Na espontaneidade absoluta reside a possibilidade de a ação humana, conhecendo e respeitando a cadeia causal presente na natureza, apresentar algo de novo no mundo, humano e social.

O segundo alcance depreende-se do primeiro e possui significado eminentemente pedagógico-moral: é a espontaneidade absoluta que permite que a ordem do dever e a dos imperativos morais façam uma diferença da ação humana no mundo. É ela que abre a possibilidade teórica, mas também prática, do ser humano ser sujeito da própria história. Em síntese, é tal espontaneidade que impulsiona a experiência pedagógica do educador a fazer a diferença na formação do educando, porque conceber-se livre no sentido transcendental, isto é, como capaz de iniciar por si mesmo um novo estado, é a primeira condição, ou seja, o ponto de partida, para poder querer que os outros também o sejam (façam). Ao sentir-se livre no sentido transcendental, o pedagogo, movido pela maioridade, luta incessantemente para que seu aluno faça uso de sua espontaneidade absoluta e a tome como fundamento de sua liberdade prática.

Essas considerações já nos permitem antecipar algo importante para a pedagogia. Sem a defesa decididamente a favor daquela "capacidade de iniciar por si mesmo um evento no mundo", a pedagogia enfraqueceria sua crença no ideal de contribuir para a formação autônoma do ser humano. Pois a ideia de tornar a criança capaz de pensar por conta própria, de ser "rainha de si mesma" – ideia nuclear do Iluminismo pedagógico moderno –, assenta-se no pressuposto de que ela é livre no "sentido forte", ou melhor, de que pode fazer por si mesma, e a qualquer momento, um novo começo no mundo. Neste sentido, a novidade que a criança traz para o mundo ao nascer está resumida, originariamente, em sua espontaneidade absoluta.[9] Também é tal espontaneidade que a põe, em certo sentido, numa condição de independência relativa, inclusive em relação àquela ação escravizante que o adulto às vezes imagina ter o direito de exercer sobre a criança. Portanto, a descoberta da espontaneidade absoluta como fundamento da ação humana justifica também a possibilidade de interações educativas democráticas entre educador e educando, entre adulto e criança.

---

[9] Sobre isso ver a belíssima interpretação feita por Arendt (1994, p. 255-276), tratando da crise na educação com forte inspiração no conceito kantiano (transcendental) de liberdade.

Como podemos ver, ao tema "abstrato" e "árido" da liberdade transcendental, prende-se uma significação prática profunda, mostrando também, por sua vez, os desdobramentos morais e pedagógicos. Isso nos revela mais uma vez, justamente em outro ponto sistemático do pensamento de Kant, o vínculo entre o filósofo e o pedagogo, entre o pensador preocupado em ir até as últimas profundezas da liberdade humana e, ainda não satisfeito com isso, extrair dela os desdobramentos práticos possíveis. A imagem do filósofo sisudo, absorvido por profundas questões lógicas e metafísicas, seguindo obsessivamente sua disciplina intelectual diária autoimposta, é contrabalançada pelo sentido prático-moral, permitindo ao pensador extrair inclusive desdobramentos pedagógicos, incluindo neles a ênfase dada à própria experiência pedagógica, alicerçada no respeito pelo educando como outro de igual direito.

A formulação dos conceitos morais

O fato de que a liberdade ficou assegurada como uma possibilidade da razão pura em seu emprego teórico tem agora alcance prático importante, uma vez que aquela espontaneidade absoluta será colocada, pelas investigações morais de Kant, na base do dever, dos imperativos e, enfim, da própria possibilidade da ação moral como um todo. Ou seja, sem aquela espontaneidade absoluta ou a capacidade de iniciar por si mesma um novo estado, não há como pensar a autonomia do sujeito e, por conseguinte, a capacidade racional de a vontade dar-se a si mesma a lei. Essa intrincada relação entre liberdade, vontade e moralidade culminará na ideia da autolegislação do sujeito e será objeto de investigação da GMS.

É preciso ter em mente, antes de tudo, que a razão pura em sentido prático assume outra "arquitetônica" em relação a seu emprego teórico. Seu âmbito de abrangência não se refere mais, diretamente, à intuição pura e aos conceitos puros do entendimento, mas sim, fundamentalmente, à liberdade e à vontade, mais precisamente, à liberdade da vontade (*Willensfreiheit*). Neste sentido, quando Kant fala de uso prático da razão pura, outra terminologia entra em cena, e a liberdade da vontade é associada, diretamente, à moralidade.

"Prático" para Kant é tudo aquilo que é possível mediante a liberdade, e, como esta tem a ver com os imperativos, então "prático" é tudo aquilo que é possível no sentido moral. "Vontade", por sua vez, é a faculdade do querer ou, dito de outro modo, é a força que impele o ser humano para a ação. Como sua ação não é incondicionalmente moral, isto é, como o homem não age em todos os momentos e em todas as circunstâncias sempre moralmente, então o desafio de uma filosofia moral, pelo menos daquela pensada por Kant, é mostrar em que termos a vontade pode impelir não só para o agir em geral, mas à ação tomada do ponto de vista moral. Para alcançar isso, a vontade precisa vincular-se diretamente à razão e à liberdade, pois, e este é o credo kantiano de fundo, somente uma vontade que se deixa obrigar livremente pela razão, isto é, *que se deixe representar por leis racionais*, é capaz de conduzir a ação no sentido moral.

O parágrafo acima condessa vários passos da justificação da ação moral oferecida por Kant na *Fundamentação da metafísica dos costumes* (GMS), publicada em 1785, a qual é a primeira tentativa sistêmica empreendida por ele para justificar sua filosofia moral. Talvez seja a principal obra de filosofia moral escrita por Kant, e, sendo assim, os resultados alcançados nas outras obras posteriores, incluindo entre elas a própria *Crítica da razão prática* (KpV), publicada três anos depois, em 1788, não ultrapassam aqueles conquistados pela GMS. Considerando isso, para termos uma ideia geral de sua filosofia moral e para visualizarmos algumas de suas implicações pedagógicas, é suficiente concentramo-nos agora na paráfrase de algumas das ideias principais da GMS.

Dividida em três secções, a GMS tem como meta a "procura" (*"Aufsuchung"*) e a "fixação" (*"Festsetzung"*) do princípio moral supremo. Kant começa, na primeira secção, com a vontade boa, assegurando, em seguida, a passagem desta para o dever. Na segunda secção, introduz a reflexão acerca dos imperativos, definindo e diferenciando entre si o imperativo hipotético e o imperativo categórico, também oferecendo várias formulações para este último. Por fim, na terceira secção, justifica por que para um ser racional sensível, que possui uma vontade imperfeita, a lei moral precisa valer na forma de um imperativo categórico. Ou seja, nesta secção, que é de longe a mais importante de todas, ele procede com a dedução da lei moral como imperativo categórico.[10]

Antes de entrar especificamente na análise da questão da moralidade, ou seja, de saber o que realmente está em jogo, do ponto de vista moral, na GMS, precisamos esclarecer introdutoriamente alguns conceitos centrais empregados por Kant nessa obra. Além dos conceitos de "razão prática", "liberdade" e "vontade", já esclarecidos brevemente acima, os conceitos de "dever", "imperativo" e "respeito" merecem agora ser considerados. Por "dever", entende Kant a necessidade objetiva de uma ação segundo a obrigatoriedade. Ou seja, "dever" é a necessidade de uma ação por respeito à lei moral. A ideia de "dever" só faz sentido para seres racionais sensíveis, que possuem uma vontade que não é absolutamente boa e que, portanto, é imperfeita. Somente seres racionais sensíveis com uma vontade imperfeita precisam agir de acordo com o dever, isso porque sua ação nem sempre, e na maioria das vezes, está de acordo com o princípio moral.

Se a noção de "dever" (*Sollen*) explicita, em certo sentido, a noção de vontade boa (*guter Wille*), a noção de "imperativo" (*Imperativ)* é que auxilia no esclarecimento da própria noção de dever. "Imperativo" significa o princípio através do qual o agente racional obriga-se a agir com base em justificativas, ou seja, em razões. O imperativo é hipotético

---

[10] Schönecker e Wood (2002) oferecem um dos melhores comentários atuais da GMS, superando em muitos aspectos até o antigo e bom comentário de Paton (1962). De outra parte, para uma exposição específica da terceira secção da GMS, tomando-a na perspectiva da relação entre o idealismo transcendental e o problema do círculo na fundamentação do imperativo categórico, ver o terceiro capítulo do livro publicado por mim em parceria com Heinz Eidam (Dalbosco; Eidam, 2009, p. 89-127).

quando a obrigação racional é condicionada à adoção de um fim opcional pelo agente. Deste modo, o agente faz algo em função de um fim que é determinado de modo contingente. Hipotético indica para o caráter relativo da ação: ela poderia ter ocorrido de outro modo em relação ao que ocorreu; isto é, tanto a ação como o fim poderiam ser de outro modo.

O imperativo é categórico, por sua vez, quando a obrigação é incondicional, isto é, na linguagem de Kant, quando ela é necessária e universal. Do ponto de vista da moralidade, o agente tem que agir dessa, e não de outra forma. Neste contexto, a lei moral é o princípio supremo que vale previamente para uma vontade boa. Portanto, lei moral é o princípio da vontade perfeita que age sempre e incondicionalmente de acordo com tal princípio. Por isso que, para tal vontade, a lei não precisa ser um imperativo porque há coincidência entre ela e a moralidade. É o que Kant denomina de "princípio da analiticidade", ou seja, princípio baseado na tese de que a lei moral pode ser derivada, pela simples análise de conceitos, da liberdade da vontade de um ser racional puro. No entanto, para uma vontade imperfeita, como a vontade humana, que nem sempre age incondicionalmente de acordo com a lei moral, esta última precisa valer para ele como um imperativo categórico. Por seu turno, mostrar como isso é possível para um ser racional sensível é o grande problema da terceira secção da GMS.

As noções de "dever" e de "imperativo categórico" formam o núcleo da teoria da obrigação moral de Kant. Mas o que significa sentir-se moralmente obrigado? Essa pergunta só pode ser respondida, no contexto da GMS, considerando o vínculo estreito entre liberdade e vontade mediado pela razão. Neste sentido, o dever como obrigação significa a exigência posta pela vontade para se deixar determinar, racional e livremente, pela lei moral. O "respeito" nada mais é do que a consciência dessa exigência; ou seja, é a consciência da subordinação da minha vontade a uma lei (GMS IV, 401). Somente o ser racional possui tal capacidade de vincular sua vontade à lei ou, melhor dito, de representá-la por meio de leis.

O esclarecimento desses conceitos nos evidencia, primeiramente, que a teoria moral kantiana repousa na pressuposição básica de que somente na medida em que a vontade humana for determinada racional e livremente é que ela pode causar uma ação moral. O ponto de partida dessa determinação reside na própria capacidade humana de representar racionalmente a si mesma uma lei. Sendo que a ação moral só é possível mediante a subordinação da vontade a uma lei, o "respeito" nada mais é, como vimos acima, do que a consciência dessa subordinação.

Ora, do ponto de vista pedagógico, a consciência dessa subordinação, que é o sentimento de respeito pela lei moral, não se forma repentinamente para uma vontade que não é boa absolutamente e que, portanto, é imperfeita. Tal vontade precisa ser formada progressivamente, e sua formação deve iniciar já na infância, período no qual, segundo Kant, se desenvolvem os primeiros germes da moralidade. Neste sentido, como veremos ainda no último capítulo deste livro, o que o respeito pela lei moral significa para o adulto é representado pela disciplina, na formação moral da criança. Deste modo, a disciplina é a preparação mais adequada para o futuro exercício do respeito pela lei moral. Essa é a razão que conduz Kant a ver na disciplina um núcleo pedagógico importante na formação da criança, diferenciando-a do adestramento (DALBOSCO, 2004, p. 385-400).

Isso é suficiente, então, para evidenciar o vínculo existente entre o núcleo duro da moralidade, que reside no sentimento de respeito pela lei moral, e o aspecto pedagógico central de formação da criança por meio da disciplina. Ora, esse vínculo é levado adiante por Kant, duplamente: primeiro, pela relação estreita que estabelece entre suas pesquisas sistemáticas e suas preleções mais amplas, incluindo entre elas as preleções sobre pedagogia, as quais são inspiradas tanto por Rousseau como por Basedow; segundo, pelo confronto dessa sua intensa atividade intelectual com sua experiência pedagógica diária junto aos seus alunos.

A questão da moralidade

O esclarecimento conceitual mínimo, oferecido acima, coloca-nos agora em condições de precisar o que realmente está em jogo nessa terminologia empregada por Kant na GMS. O que denominamos aqui de "questão da moralidade" é diretamente relevante para os nossos propósitos porque, do modo como a definimos e como a inserimos na "arquitetônica" da razão pura prática, depende também sua relação com a pedagogia e com questões educacionais mais amplas. Assim, há um modo convencional de analisar esse problema que culmina, em última instância, por colocar as questões pedagógicas numa posição meramente subserviente a uma determinada teoria moral kantiana. Por isso, precisamos resumir primeiro alguns traços desse modo convencional, antes de apresentar outra possibilidade de análise que pensamos ser mais produtiva para tratar da relação entre filosofia e pedagogia no pensamento de Kant.

Kant extrai a moralidade, assim reza o núcleo da leitura convencional, da razão pura *a priori*, derivando seu sentido prático da liberdade como conceito deduzido. A "arquitetônica" da razão pura teórica serve, deste modo, como analogia para definir a estrutura da razão pura prática. (É preciso dizer que o próprio Kant oferece inúmeras passagens de sua obra crítica que legitimam esta leitura.) Neste contexto, a ênfase recai sobre a liberdade da vontade puramente racional, a qual serve exclusivamente como referência para tratar da questão do "dever" e do "imperativo moral". Isso conduz a tomar o "imperativo categórico" unicamente em sua primeira formulação, interpretando-o com máxima universal que ordenaria aos seres humanos o como agir em todas as situações e circunstâncias.

Portanto, dois aspectos são nucleares da leitura convencional, a saber, primeiro, que o sentido da moralidade é deduzido da razão pura prática, cuja estrutura é muito semelhante à razão pura teórica; segundo, que o núcleo do imperativo categórico reside já na sua primeira formulação, a qual deveria servir como procedimento universal à decisão moral. Ora, o problema é que essa leitura convencional legitima, como mostrou Wood (2008, p. 169), a acusação de formalismo dirigida à teoria moral kantiana. No entanto, ao proceder assim, ela ignora a própria questão da moralidade em Kant.

Para resgatar tal questão, precisamos retomar a motivação originária que conduziu o filósofo de Königsberg a pensar na moral do dever e fundar a ação humana em máximas formuladas pelas diferentes versões do imperativo categórico. Do ponto de vista filosófico, a questão moral central da GMS é justificar a maneira pela qual a lei moral obriga. Ou seja, formulada em outros termos, a questão significa: o que me motiva racional e livremente a agir de acordo com a lei moral?

A questão da moralidade se origina da incapacidade da razão humana, quando não adota o ponto de vista moral, de determinar imediatamente a vontade. Podemos afirmar que tal incapacidade deve-se tanto a um déficit como a um excesso de razão. Déficit, quando a ação humana deixa-se orientar exclusivamente pelas inclinações e pelos desejos; excesso, quando ela se orienta por uma razão presunçosa (arrogante). Tanto as inclinações como a presunção revelam, no fundo, a fragilidade humana, fato esse que a leitura convencional ignora em nome da pressuposição de que o decisivo para a teoria da obrigação moral é apenas a referência ao ser racional puro, constituído por uma vontade perfeita.

Mas onde a tese da fragilidade da condição humana encontra apoio textual em Kant? Há três evidências fortes: primeira, na sociabilidade insociável (*ungesellige Gesellligkeit*) do ser humano, a qual é tomada, na quarta proposição da *Idéia de uma história universal de um ponto de vista cosmopolita* (IaG VIII, 20), como mola propulsora do progresso humano. (Voltaremos a tratar deste ponto no próximo capítulo.) Também nesse mesmo texto, na sexta proposição, Kant formula outra de suas famosas expressões, a saber, de que o homem é feito de "madeira retorcida" (*krummes Holz*), enfatizando com isso a vulnerabilidade de sua condição.

A segunda evidência aparece na própria GMS, quando Kant concebe o ser humano como um ser racional sensível que possui vontade imperfeita e, por isso, age motivado por inclinações e desejos particulares. Por fim, na *Crítica da razão prática*, a fragilidade humana é descrita como uma atitude intelectual solipsista (fechada em si mesma), que Kant denomina de "arrogância" (*arrogantia*) ou "presunção" (*Eigendünkel*) e que é contrária à atitude de respeito pela lei moral (KpV V, 73). O sujeito intelectualmente presunçoso (excesso de razão), por ser dogmático, não desenvolve o sentimento de respeito pela lei, não podendo sentir-se livremente obrigado a obedecê-la e, com isso, fica impedido de incluir moralmente o outro em sua ação.

Essas três evidências são indicadoras da possibilidade de uma leitura alternativa à leitura convencional, e isso porque elas põem a fragilidade humana como fundamento da questão da moralidade. Isto é, elas mostram que o problema da moralidade surge quando o ser humano se deixa guiar somente pelas inclinações ou quando adota um procedimento racional presunçoso, ignorando que também é um ser racional sensível e que possui uma vontade imperfeita, já que é feito de "madeira retorcida". Deste modo, o predomínio das inclinações na condução das ações humanas denota o déficit de razão; de outra parte, o predomínio da arrogância caracteriza o excesso de razão. Ora, o ponto de vista da moralidade, alicerçado na teoria da obrigação moral, significa reconhecer a fragilidade humana, evitando agir somente de acordo com as inclinações ou com a razão presunçosa. É desse ponto de vista que resulta a possibilidade de o sujeito dar-se a si mesmo a lei e de tomar a humanidade como fim, e não como meio.

Neste contexto, o que muda nessa alternativa de leitura, em relação à convencional, é a ênfase no ponto de partida da fundamentação: não é o interesse sistemático de fundar a moral numa razão pura *a priori*, tomando como analogia a arquitetônica da razão pura teórica, e de formular uma máxima universal de ação, que é o central e decisivo, mas sim o "fato antropológico" de que o ser humano é um ser frágil, feito de "madeira retorcida". A fragilidade denota, então, o fato, por um lado, de que, por ser racional, o homem pode se tornar exageradamente presunçoso (arrogante). Por outro, que, além de ser racional, ele é sensível e, por sê-lo, pode até agir só de acordo com suas inclinações particulares. Então, é a possibilidade inerente à ação humana de se deixar orientar a todo o momento tanto por uma presunção desenfreada como por inclinações excessivas que constitui a questão da moralidade, justificando, simultaneamente, a teoria moral baseada no dever.

Se a fragilidade da condição humana tem significação direta para a teoria moral, ela não deixa de influir, obviamente, na configuração do campo especificamente pedagógico-educacional. Deste modo, ao adquirimos consciência, em nossa experiência formativa, de nossa fragilidade, isto é, do fato de que somos seres racionais sensíveis – que possuímos uma vontade imperfeita –, estaremos em melhores condições de dominar moralmente nossa presunção (arrogância) e nossas inclinações sensíveis. Estaremos, assim, mais preparados para uma socialização que inclua moralmente o outro em nossa ação. Ora, a educação do ponto de vista moral nada mais é do que o processo formativo que nos leva a tomar consciência de nossa fragilidade, adotando-a como ponto de partida da busca pela dignidade humana. Neste sentido, com o pé fincado na fragilidade da condição humana, o próprio processo pedagógico exerce o papel normativo de evitar os sonhos delirantes de uma insociável razão presunçosa, preparando-nos, ao mesmo tempo, para o exercício equilibrado do domínio de nossas inclinações.[11]

---

[11] Interpretada nessa perspectiva, a teoria moral kantiana mostra-se devedoura, em certos aspectos, do pensamento de Rousseau, o qual, por sua vez, tem uma dívida clara com os estoicos, sobretudo, com Sêneca. Sobre isso, ver meu recente livro *Educação natural em Rousseau: Das necessidades da criança e dos cuidados do adulto* (2011).

Em síntese, uma educação voltada para a consciência sobre a fragilidade da condição humana conduz à adoção de uma postura humilde de respeito recíproco, uma vez que ela desfaz a imagem da onipotência humana, do mito do ser todo-poderoso, centrado em si mesmo, apontando para seus limites na relação consigo mesmo e com os outros. A humildade, em contraposição à arrogância, conduz o sujeito para uma atitude de abertura em relação ao sofrimento alheio, preparando-o sensivelmente para o respeito à diferença e à pluralidade. Ora, a formação dessa atitude de respeito às diferenças é um grande desafio da democracia na atualidade, e tanto Rousseau como Kant, cada um a sua maneira, anteciparam aspectos importantes dessa problemática.

Dois outros possíveis desdobramentos pedagógicos

Se, quando devidamente interpretado, não há um Kant formalista na GMS, que pensou mais na necessidade e universalidade da máxima de ação e menos no homem "concreto" e na razão histórica, então isso traz também outras implicações para o campo especificamente pedagógico. Gostaríamos de apontar, em forma de conclusão deste capítulo, para duas delas.

A primeira implicação está diretamente relacionada com a segunda formulação do imperativo categórico, também denominada de "fórmula da humanidade como um fim em si mesmo" (GMS IV, 429). Seu alcance pedagógico fica mais bem compreendido na medida em que o relacionarmos com o "fato antropológico" e sua significação filosófica para a questão da moralidade. Lembremo-nos, mais uma vez, neste contexto, que a ideia de uma moral da obrigação, que exige a noção do dever e do imperativo categórico, não é posta simplesmente para atender a um suposto interesse sistemático da razão pura prática – somente com o intuito de fundamentar uma teoria moral puramente *a priori* –, mas sim para dar conta do problema da fragilidade humana e da insociável presunção dela decorrente.

Ora, é o ponto de vista de respeito pela lei moral, propiciado pela razão pura em seu sentido prático, que permite ao homem controlar sua presunção insociável, dominar suas inclinações sensíveis e, enfim, afastar-se dos vícios. Não é porque existe um ser puramente racional, formado por uma vontade absolutamente boa, que age sempre e incondicionalmente de acordo com a lei moral, que justifica o "ponto de vista moral", mas também a existência de um ser racional sensível, com uma vontade imperfeita, é que exige da ação humana assumir o ponto de vista do dever (SCHÖNECKER, 1999). Neste contexto, como o dever é o ponto de vista moral que não pode perder de referência a presunção desenfreada, então o processo formativo-educacional deve adotar, como ponto de partida, não o ser puramente racional, mas a condição humana frágil. Ou seja, boa educação é aquela que, no sentido kantiano, torna possível tanto ao educador como ao educando nunca se esquecerem no "fato antropológico" de que todos nós somos feitos de "madeira retorcida" e, por isso, precisamos ser permanentemente "aplainados".

Esse "fato antropológico" que funda a moralidade, não só impede que a máxima de minha ação (primeira formulação do "imperativo categórico") se transforme em um procedimento universal de decisão moral, pois não foi isso que Kant pretendeu (WOOD, 2008, p. 168), como também permite colocar no centro da "questão da moralidade" a segunda formulação do imperativo categórico. Sendo assim, "tomar a humanidade como fim e não simplesmente como meio" (GMS IV, 429), além de se tornar decisivo contra a exagerada propensão humana à presunção, é constitutivo para o ponto de vista moral que pretende incluir o outro em sua ação. Ora, a consciência dessa fragilidade como constitutiva do ponto de vista moral da humanidade como fim é resultado de um processo formativo, pois, por exemplo, se considerarmos a condição humana infantil, sendo natural que esteja centrada em seu egocentrismo, se não for devidamente descentrada (educada), poderá apresentar sérios distúrbios futuros, entre eles, o egoísmo adulto doentio e racionalmente calculado.

Por fim, a segunda implicação pedagógica resultante dessa alternativa de leitura associa-se diretamente à terceira formulação do "imperativo categórico", também denominada de "formula da autonomia" (GMS IV, 432; 438; 439). A autonomia perante as inclinações e a presunção desenfreada é, antes de tudo, uma constituição da subjetividade. A ideia de o sujeito dar-se a si mesma a lei, ideia da autolegislação (*Selbstgesetzgebung*), é o ponto de partida do domínio de si mesmo como condição de construção da "fortaleza interior" contra o poder tirânico das inclinações internas e das forças externas ameaçadoras e destrutivas. Tomada ao pé da letra, a capacidade de o sujeito dar-se a si mesmo a lei remete-o diretamente para a consciência de sua condição eminentemente humana, isto é, à consciência de que é feito de "madeira retorcida", possibilitando-o ver também o quanto ridículo e inadequado é seu desejo de onipotência.

Ora, a formação moral que vise à adoção do ponto de vista da humanidade como fim só é possível pela condição autolegisladora do sujeito, pois é ela que, antes de tudo, lhe impede de escapar da consciência de sua condição frágil. De outra parte, é a condição autolegisladora que, associada à capacidade eminentemente humana de iniciar por si mesma um novo estado, está na base da *Aufklärung* como maioridade pedagógica. Ou seja, a autolegislação é um longo processo formativo que deve iniciar já na infância, período no qual a criança precisa ser educada a viver mediante pequenas regras, para, quando adulta, sentir-se livremente obrigada à lei moral. O nexo entre esclarecimento e maioridade pedagógica, mediado pelo ponto de vista erudito baseado no emprego público da razão, é tema do próximo capítulo.

Capítulo IV

História, esclarecimento e maioridade pedagógica

No capítulo anterior, procuramos mostrar que a questão da moralidade repousa na consciência da fragilidade da condição humana, a qual conduz para a insociável presunção (arrogância), fazendo com que o ser humano tome o outro simplesmente como meio, e não como fim de sua ação. Para evitar esse risco iminente à ação humana de instrumentalização do outro, é preciso adotar o ponto de vista moral baseado na teoria da obrigação, cuja base repousa na capacidade humana de dar-se a si mesma a lei e de tomar a humanidade com fim. Também já apontamos para algumas implicações pedagógicas que derivam do entrelaçamento entre fragilidade humana e teoria da obrigação moral. Kant tomou esta última como referência para justificar o modo como a vontade fraca (imperfeita) pode se deixar determinar livremente pela lei moral. De outra parte, ele vê no projeto do esclarecimento como maioridade uma maneira de enfrentar a preguiça e a covardia da qual cada um está sujeito, imaginando, com isso, uma forma de vida social, política e moral mais apropriada à condição humana.

Considerando que a maioridade pedagógica também pressupõe, em certo sentido, o aspecto insociável da condição humana, precisamos iniciar este capítulo com a exposição breve de alguns traços da filosofia kantiana da história, na qual esse aspecto está inserido. Com base em tal exposição, podermos abordar, então, na sequência, a relação entre

Aufklärung (esclarecimento)[12] e maioridade, mostrando que, segundo Kant, o ingresso da sociedade humana numa época esclarecida depende da coragem para pensar por conta própria, cujo impulso é obra de um incansável esforço formativo-educacional. Ou seja, defendemos a tese, neste capítulo, de que há um primado pedagógico na *Aufklärung* compreendida como maioridade.

Teleologia divina, desígnios da natureza e a liberdade humana

Como filósofo moderno, do século XVIII, Kant rejeita a concepção cíclica de história, própria do período antigo, e assume, sob certos aspectos, uma concepção linear, mas não mais no sentido especificamente cristão, como aquele esboçado, por exemplo, na *Cidade de Deus*, por Santo Agostinho. Para este autor, a história humana é vista como um progressivo e doloroso processo rumo à redenção, orientado pelas mãos da Providência divina. Agostinho não só funda a concepção cristã de história, como antecipa conceitos tipicamente modernos, como as noções de passado, presente e futuro, abrindo espaço para a importante e problemática noção de progresso. Como afirma Löwith: "Para Santo Agostinho, e para todos que pensam genuinamente segundo a tradição cristã, o progresso não é mais que uma peregrinação" (1973, p. 192).

No entanto, a noção de futuro, como guardião do progresso e, ao mesmo tempo, como crítica à concepção cíclica de história, não contempla a ideia de um aperfeiçoamento humano contínuo, possível de ser alcançado ainda na cidade dos homens. Para Agostinho, era inconcebível, nesse sentido, a ideia do melhoramento do homem por meio do refinamento das próprias forças (faculdades), como será posto na agenda

---

[12] Traduzo *Aufklärung* por esclarecimento porque o sentido filosófico que Kant lhe atribui diz respeito não a um momento histórico determinado, o qual corresponderia ao Iluminismo ou à Época das Luzes, mas sim a um processo, inclusive pedagógico, de saída de uma condição para outra. Neste sentido, esclarecimento traduz melhor a ideia kantiana de saída do indivíduo de sua condição de menoridade à maioridade.

do dia pela secularizada filosofia da história do século XVIII. A noção de progresso estava, no pensamento do bispo de Hipona, diretamente vinculada à marcha humana, conduzida pela mão da Providência divina, em direção à *civitate Dei* (Cidade de Deus). A salvação final e a felicidade completa só seriam possíveis no outro mundo, além da Terra. Ainda segundo Löwith: "Todo o acontecer histórico torna-se progressivo, significativo e inteligível unicamente pela expectativa de um triunfo final mais além do tempo histórico, da Cidade de Deus sobre a Cidade dos homens pecadores" (p. 194).

Embora seja, em parte, tributária dessa filosofia cristã da história, a concepção kantiana se diferencia dela em muitos aspectos. O principal deles, para o que nos interessa, é que não há mais a teleologia divina que orienta a ação humana para o Reino dos Céus, mas sim a *teleologia natural*, que constitui e orienta todo o organismo vivo, empurrando-o progressivamente para a realização completa de seus fins, isto é, de suas disposições naturais, obviamente, aqui neste mundo. No lugar do Deus cristão, entra a ideia de natureza, mas com outro papel e significado. O que muda com a ideia de natureza, como mostra Lebrun (2004, p. 103), é que não há mais o apelo à graça divina nem à crença em qualquer intervenção sobrenatural em favor de nossa capacidade moralmente deficiente. O recurso kantiano à ideia de natureza marca, então, inicialmente, a tensão entre a concepção cristã baseada na finalidade consciente de Deus e o surgimento da ideia de história como palco livre das ações humanas. Isso abre espaço para que Kant formule uma concepção histórica de natureza humana e antecipe aspectos importantes da filosofia da história posterior, incluindo nela a filosofia marxiana.[13]

---

[13] Em seu estudo *História e sujeito* (*Geschichte und Subjekt*), Mathias Lutz-Bachmann (1988, p. 65) defende a tese de que a teoria materialista da história elaborada por Marx não seria possível sem o recurso a aspectos centrais da filosofia kantiana da história. Numa passagem de seu estudo, o referido autor traça da seguinte maneira a proximidade entre Marx e Kant: "De modo semelhante à 'mão invisível' da economia burguesa, a ideia regulativa de um plano da natureza funda a unidade frente a desenvolvimentos divergentes e individuais do acontecer histórico".

Sobre a natureza, Kant afirma, na terceira proposição de sua *Ideia de uma historia universal de um ponto de vista cosmopolita*, o seguinte: "A natureza não faz nada supérfluo e não é esbanjadora no uso dos meios para atingir seus fins" (IaG VIII, 19). Mais ainda, em um sentido profundamente influenciado pela tradição estoica e por Rousseau, Kant desenvolve a ideia de que há um curso da natureza que dá significação ao dever. Isso justifica, então, o emprego de expressões como "plano da natureza" e "desígnios da natureza", mostrando que a natureza tem papel normativo, indo além de uma significação meramente física, como mundo físico, dominado pelas leis causais. É o conceito de natureza como uma "secreta finalidade da ordem do mundo" que assegura uma confiança na história, e não mais em uma esperança religiosa.

Sob esse aspecto, como ideia regulativa, o conceito de natureza (de teleologia natural) permite fazer a transição da teleologia divina, no sentido cristão do termo, para a teleologia histórica, na qual a ação humana livre desempenha papel decisivo. Contudo, compreender como essa tensão entre teleologia natural e teleologia histórica se manifesta no pensamento de Kant não é tarefa fácil, considerando ainda o fato de que seu pensamento não se independizou por completo da teleologia divina, no sentido da tradição cristã.

Em um artigo escrito na década de sessenta do século passado, Friedrich Kaulbach (1966) reconstrói o fio condutor da posição de Kant que nos é útil para o momento. Segundo ele, a noção de filosofia da história de Kant pressupõe a passagem de uma compreensão de natureza como uma cadeia causal determinada para uma ideia de "natureza livre", na qual o homem é compreendido como fim último. A "natureza livre" produz seus propósitos por meio de antagonismos e considerando que o homem pode realizar a própria humanidade e produzir por si mesmo sua disposição moral, então tal natureza repousa no próprio homem (KAULBACH, 1966, p. 449).

Com base nessa argumentação, o referido autor tira a conclusão de que a filosofia kantiana da história significa, em última instância, a passagem da ideia teleológica de natureza à ideia regulativa de história, marcando, assim, do ponto de vista do desenvolvimento intelectual do pensamento de Kant, o início de sua abordagem sistemática da razão prática. Isso significa dizer que, nesse contexto, o homem não é mais concebido como um simples projeto da natureza, mas, pela razão e pela ordem dos deveres, ele adquire a condição de ser sujeito da história, de considerar-se a si mesmo e aos outros como um fim e de fazer uso autônomo de sua razão, determinando as máximas para sua vontade. Portanto, de uma teleologia natural passar-se-ia para uma noção de história humana com vistas à moralização.

Essa breve referência à posição de Kaulbach talvez nos tenha levado prematuramente longe de mais. De qualquer forma, precisamos reter agora, como um problema, a tensão entre os modelos teleológicos (divino, natural e histórico) que cruza a filosofia kantiana da história. Além disso, a breve consideração feita acima sobre a ideia de natureza não encobre, de modo algum, os aspectos obscuros e até obsoletos que rondam sua significação.[14] Contudo, essas ressalvas são suficientes para que possamos prosseguir com uma pequena paráfrase das três primeiras proposições (teses) do referido escrito de Kant. Tal paráfrase nos auxilia a ter uma visão sobre alguns traços gerais da filosofia kantiana da história.

---

[14] Como reconhece Kleingeld, já no prefácio de seu trabalho – que entre os trabalhos atuais é seguramente um dos mais consistentes sobre o tema–, os textos de Kant sobre história, embora elaborados em estilo elegante e eloquente, nem sempre são transparentes em suas premissas e estrutura argumentativa (KLEINGELD, 1995, p. 1). De outra parte, segundo a referida autora, depois da teoria darwinista da seleção natural, ficou cada vez mais difícil defender a teleologia kantiana. Neste contexto, a teoria da evolução permite pensar o surgimento de diferentes organismos como resultado de um jogo conjugado de fatores mecânicos-causais. O próprio termo "disposição", por exemplo, pensado hoje como "material genético", é algo contingente e pode mudar através de mutações (p. 130). Ao lado disso, e como decorrência principal, a ideia de uma inteligência superior como instância ordenadora através de "propósitos" passa a ser dispensável. Por isso, segundo Kleingeld, quem quiser hoje ainda defender filosoficamente o desenvolvimento da humanidade como espécie, precisa se apoiar em outras premissas, e não mais naquelas oriundas da ideia de uma natureza que tem seus "propósitos" previamente dados (p. 131).

A primeira proposição apresenta, já em sua primeira frase, a máxima regulativa da teleologia natural: "Todas as disposições naturais de uma criatura estão destinadas um dia a se desenvolver completamente e de acordo com um fim" (IaG VIII, 18). Dois aspectos precisam ser destacados aqui: primeiro, de que todo o ser vivo possui disposições naturais; segundo, que estas podem se desenvolver para um determinado fim. Portanto, a doutrina teleológica kantiana da natureza consiste na ideia de que todo o ser vivo possui a tendência de desenvolver suas disposições para uma destinação cada vez mais elevada, sempre melhor do que a anterior. Quando isso não acontece, ocorre um desvio, ou um "jogo sem finalidade" (IaG VIII, 18).

A segunda proposição insere a condição humana no âmbito da teleologia natural, delimitando o desenvolvimento de suas disposições naturais somente na espécie, e não no indivíduo. Ou seja, porque o movimento teleológico geral é de longo alcance, e a vida individual é muito curta, então as disposições naturais, para alcançar um desenvolvimento maior e mais aprofundado, só podem ocorrer no progresso de gerações. No entanto, Kant faz uma ressalva, que, para nosso ponto, é de extrema importância, a saber: de que as disposições naturais voltadas para o uso da razão precisam ser formadas (educadas). Como o homem é a única criatura racional sobre a Terra, suas disposições naturais possuem uma base racional, e, o mais importante, para que tal base possa ser adequadamente desenvolvida e alcance progressivo melhoramento, ela precisa de ensinamentos.

Portanto, na segunda proposição há uma tese explícita, de grande alcance formativo-educacional, ou seja, de que a base racional das disposições naturais só pode progredir com o auxílio de uma tarefa educativa. Isto é, o melhoramento da espécie e a execução de sua finalidade dependem de processos de aprendizagem levados adiante pelo conflito entre gerações. Isso pressupõe, por um lado, a ideia de acúmulo de conhecimento e, por outro, de que as gerações mais velhas tenham condições de colocar à disposição para as gerações mais novas o conhecimento acumulado e, as mais novas, de o recriarem.

Por fim, a terceira proposição acrescenta a liberdade da vontade à condição racional humana, afirmando que são tais condições que permitem ao homem superar sua "ordenação mecânica" e sua "existência animal" (IaG VIII, 20). Com isso fica estabelecido, então, que, além da razão, a vontade e a liberdade são aspectos constitutivos das disposições naturais humanas e que possibilitam ao homem compreender a teleologia natural e agir de acordo com ela. De qualquer modo, essa proposição da filosofia kantiana da história assegura a existência no homem dos propósitos da natureza, concedendo-lhe, mais precisamente, a possibilidade de "tirar tudo de si mesmo", isto é, de determinar racional e livremente sua vontade.

A essas três proposições que estabelecem os contornos gerais da teleologia natural, Kant acrescenta, na quarta proposição, o princípio movente da história humana. Considerando que ele tem supostamente implicações claras ao processo formativo-educacional humano e, portanto, está intimamente relacionado ao nosso ponto, precisamos tratá-lo em separado.

A insociável sociabilidade

O projeto de compreender a história humana possui, para Kant, objetivos eminentemente racionais, como o avanço do esclarecimento e o progresso moral humano. Também está vinculado ao problema da ação humana, especificamente, ao desafio de como tornar compreensível o conjunto de fatos e de acontecimentos contingentes que a constituem. Em síntese, tudo isso se relaciona, em última instância, à questão de saber até que ponto somos sujeitos de nossa história ou simplesmente estamos à mercê de forças poderosas, estranhas a nós e que nos governam.

Como se pode observar, a relevância pedagógica e não só filosófica desse problema torna-se clara, pois, se não há possibilidade de sermos sujeitos de nossa própria história, então a maioridade fica comprometida como um projeto de agir e pensar por si mesmo. Desde já, o problema que se coloca é o da relação entre a teleologia natural e a história humana: se a história humana é guiada pela teleologia natural (por uma força natural inconsciente), é legítimo ainda falar de liberdade da ação humana? Caso afirmativo, em que sentido? (Voltaremos a este ponto logo abaixo.)

Se há a possibilidade de um melhoramento da espécie humana e se é possível o progresso social, a questão de fundo é saber como isso ocorre no interior da história humana. Para explicá-lo, Kant formula uma de suas teses mais sedutoras e, ao mesmo tempo, mais controversas, a saber, a sociabilidade insociável (*ungesellige Geselligkeit*) como mecanismo impulsionador do desenvolvimento das disposições naturais humanas. Ou seja, a filosofia kantiana da história fundamenta o progresso social em termos de antagonismo, concebendo a sociabilidade insociável como sua mola propulsora. Mas em que consiste propriamente essa sociabilidade insociável? Como ela constitui a natureza humana e que exigências ela põe ao processo formativo-educacional humano?

Lembremo-nos novamente do quadro mais amplo no qual se insere a filosofia kantiana da história, já que ele nos auxilia compreender como Kant introduz a sociabilidade insociável como mecanismo específico da espécie humana. Como vimos acima, há uma teleologia natural que impulsiona todo o ser vivo a desenvolver maximamente suas disposições naturais. Como o antagonismo é o meio que a natureza faz uso para levar adiante o desenvolvimento de suas disposições, ele também serve ao homem: se o antagonismo é causa da ordenação regular da natureza, de igual modo provoca o aperfeiçoamento das disposições humanas. No entanto, como além de instintivo, o homem também é um ser racional, ele pode, então, fazer uso diferente de suas disposições, transformando-as em objeto da própria ação. Pela razão, o homem não só se socializa, como também faz entrar um vetor específico em sua sociabilidade, ou seja, a insociabilidade.

O antagonismo que permeia a insociável sociabilidade caracteriza-se pelo fato de que o homem é impelido, por um lado, a constituir o "laço social", isto é, a se associar com os outros homens e, por outro, a colocar tanto suas disposições naturais como àquelas oriundas da sociedade a serviço de seus interesses pessoais egoístas. Em outros termos, a insociável sociabilidade denota o fato de que, sem a presença do outro, o homem não poderia viver em sociedade e desenvolver as próprias disposições, mas, ao ter o outro diante de si, possui a propensão de usá-lo para seus fins privados e egoístas.

A tensão emerge, então, do fato de que, sendo o outro indispensável à sociabilidade, sua presença opõe resistência à própria vontade individual. Como afirma Kant, é tal "resistência que desperta todas as forças do homem, [transformando] a rude disposição natural para o discernimento moral em princípios práticos determinados" (IaG VIII, 21). Ou, como afirma Kleingeld, seguindo de perto o texto de Kant, "o antagonismo conduz para a cultura, para o desenvolvimento dos talentos, para a formação do gosto e, por último, para o desenvolvimento do juízo moral no homem" (KLEINGELD, 1995, p. 25). Sem essa tensão interna constitutiva da natureza humana, ou seja, sem a propensão de ir ao encontro dos outros para se socializar e, ao mesmo tempo, competir com eles, buscando ser superior a eles, portanto, sem essa sociabilidade insociável não teria sido possível aquilo que denominamos de "sociedade".

Neste contexto, é a necessidade de regramento das vontades individuais egoístas que marca, segundo Kant, o nascimento da ordem política, jurídica e moral. Ou seja, para regular tal insociabilidade e tornar o convívio social possível, surgem o direito, o Estado e a moral. Ora, o Estado, como vontade coletiva, propiciaria a melhor forma de todos desenvolverem suas disposições naturais. Contudo, como alerta Kleingeld (1995, p. 22), o telos da história localiza-se num passo adiante ao estado de direito, representando o desenvolvimento completo das disposições para o emprego da razão e a conquista da determinação moral da humanidade. Neste sentido, o fim último não é a constituição civil e republicana nem o Estado de direito, mas sim a moralização da espécie humana.

Precisamos retomar, agora, a questão suspensa em um dos parágrafos acima: como o homem se vincula à teleologia natural e sobretudo como pode assegurar sua liberdade diante da força e do poder daquela? Como vimos, é por meio de suas disposições naturais que o homem pode se vincular conscientemente à teleologia natural. Mais precisamente, é por causa de sua razão e liberdade que ele pode descobrir o "plano" da natureza: porque tem fins racionais e porque é livre, ele pode penetrar nos desígnios da natureza, descobrindo nela a própria determinação (*Bestimmung*), a qual nada mais é que o desenvolvimento adequado de suas disposições, entre elas, a moralidade. Ora, é do nexo entre as disposições racionais e livres do ser humano que brota sua disposição moral, a qual se transforma em causa permanente de seu progresso.[15]

Com isso temos esboçado em linhas muito gerais alguns dos traços significativos da filosofia kantiana da história, mostrando em que sentido o "plano secreto" da natureza, substituindo o plano da Providência divina (no sentido cristão), conecta-se com a história humana, abrindo possibilidade para o desenvolvimento das disposições naturais do homem. São esses traços gerais que justificam o progresso da *Aufklärung*, fazendo-o depender de um processo constante de maioridade, cuja raiz repousa, por sua vez, no primado pedagógico.

---

[15] Isso pode dar a impressão de que Kant teria defendido um "otimismo ingênuo", amparando-se na premissa de que a espécie humana alcançaria a qualquer custo seu melhoramento moral. No entanto, não podemos esquecer que sua filosofia da história tem lugar sistemático no interior da filosofia crítica e, na medida em que pressupões a ideia de liberdade transcendental, não pode admitir um determinismo de tipo fatalista, mesmo em sentido positivo. De outra, também é preciso considerar sua reflexão sobre o problema do mal radical e a origem da maldade como algo radicado na natureza humana e, portanto, inerente à sua disposição racional.

Deste modo, fica caracterizado que o aperfeiçoamento moral da espécie humana depende de processos de aprendizagem levados a diante pelo conflito permanente marcado, na esfera individual, pela sociabilidade insociável do homem e, na esfera mais ampla, pelo conflito entre gerações. Também fica caracterizado, neste contexto, que o próprio progresso do esclarecimento é resultado de um primado pedagógico inerente à ideia da maioridade, uma vez que o pensar por conta própria não ocorre por mera obra do acaso, mas é consequência de um processo formativo-educacional do ser humano. Mostrar como Kant articula isso com o debate de sua época sobre o tema da *Aufklärung* é o que nos propomos fazer no tópico seguinte.

Filosofia como conceito de mundo

Escrito no mesmo ano que a *Idéia de uma história universal de um ponto de vista cosmopolita* (1784), o ensaio "O que é esclarecimento?" marca o ingresso de Kant no debate sobre a questão se a Alemanha e a Europa viviam em uma época esclarecida.[16] Convidado pela revista *Berlinischen Monatsschrift*, Kant posiciona-se sobre a questão. Sua resposta breve tornou-se famosa porque, além de estabelecer o confronto entre duas condições humanas distintas e antagônicas, a condição de menoridade e de maioridade, ele defende o uso público da razão como característica central do ponto de vista *erudito*, concebendo-o como condição de superação do estado de menoridade. Portanto, é o ponto de vista *erudito* baseado no uso público da razão que provoca a elevação do esclarecimento. Como isso está amparado em determinado conceito de filosofia, precisamos antes de tudo esclarecê-lo.

Dizer em poucas palavras o que é filosofia para Kant – para um dos filósofos mais profundos e difíceis da história da filosofia – pode parecer até certa ousadia. Sua significação

---

[16] Além de Kant, vários outros intelectuais alemães da época, como Mendelssohn e Herder, tomaram parte do debate. Os textos desses e de outros autores encontram-se reunidos numa coletânea organizada por Bahr (2002).

geral de filosofia é a atividade racional por conceitos. Tal conceito desdobra-se, por assim dizer, em duas concepções distintas, que se complementam entre si em certos aspectos, mas que se distanciam em outros. As referidas concepções são a filosofia como conceito escolar (*Schulbegriff*) e como conceito de mundo (*Weltbegriff*) e encontram-se desenvolvidas tanto na *Crítica da razão pura* (KrV, B 866) como em suas lições sobre *Lógica* (Logik IX, 24).

A filosofia como conceito escolar refere-se ao sentido sistemático de conhecimento (metafísico) como ciência e tem a ver diretamente com o exame interno da razão pura, para mostrar suas condições de uso e seus limites. O conceito escolar relaciona-se, portanto, com a própria filosofia transcendental no sentido técnico e rigoroso do termo (conforme o segundo e o terceiro capítulos deste livro). Dessa concepção deriva a ideia de filósofo como legislador da razão humana ou, em outros termos, como guardião da racionalidade.

O conceito de mundo, por sua vez, refere-se à reflexão sobre o presente em que vivemos e sobre quem somos enquanto parte desta atualidade. Isso conduz, em sentido mais amplo, à reflexão sobre a posição do homem na História, sobre as condições de sua liberdade e sobre o exercício de sua vontade. Além dos escritos morais, esse conceito de filosofia abarca os escritos menores de Kant, como os sobre história e antropologia e, mais especificamente, sobre as questões de época, como o ensaio *"O que é esclarecimento?"*. O importante deste *conceptus cosmicus* de filosofia é que ele nos permite compreendê-la como uma forma de viver. Em síntese, é esse conceito cósmico de filosofia que nos conduz a refletir sobre nosso momento presente e sobre a forma de existência que nele levamos.

Sendo assim, no ensaio *Was ist Aufklärung?*, predomina uma noção de filosofia como ocupação com o presente, isto é, como reflexão sobre nossa atualidade. Ao se debruçar sobre um problema de sua época, a questão do esclarecimento, Kant formula um conceito de filosofia como reflexão sobre os problemas urgentes de seu tempo. Além disso, nessa sua atitude reside também um papel atribuído ao próprio filósofo em sentido mais amplo: tomar o presente, a atualidade, como um acontecimento prenhe de reflexão e, ao pensar sobre o mundo em que vive, pensando sobre os outros, o filósofo é levado a pensar sobre si mesmo, concebendo-se como parte de um nós outros, que vive numa atualidade, isto é, num determinado tempo histórico. Ao colocar-se a questão sobre a atualidade e para poder pensar sobre ela, o filósofo precisa conceber-se como interligado aos outros: pensar sobre o mundo significa, então, pensar sobre os outros e, ao mesmo tempo, sobre si mesmo (FOUCAULT, 2009, p. 41-56).

De outra parte, a filosofia com pensamento da atualidade torna-se indispensável para pensar a fragilidade de nossa condição humana e para visualizar as alternativas que a ela se apresentam. No contexto do referido ensaio kantiano, a fragilidade humana é designada de menoridade, e a possibilidade de sua superação repousa na questão da *Aufklärung* como maioridade pedagógica. Antes de adentrar nessa questão, precisamos tratar tanto da *Ausgang* (saída) como da menoridade (*Unmündigkeit*).

O esclarecimento como saída (*Ausgang*)

Kant inicia o referido ensaio com a definição de "esclarecimento". Considerando a densidade dessa definição e sua relevância para nosso ponto, citaremos todo o primeiro parágrafo do ensaio e, em seguida, vamos analisá-lo em seus aspectos mais importantes. Eis a passagem de Kant, na íntegra:

> *O esclarecimento é a saída do homem de sua menoridade da qual ele próprio é culpado. A menoridade* é a incapacidade de se servir de seu próprio entendimento sem a orientação de outrem. Tal menoridade é *por culpa própria* se a causa não reside na falta de entendimento, mas na falta de decisão e de coragem em se servir de si mesmo sem a orientação de outrem. *Sapere Aude*! Tem a coragem de te servires do teu próprio entendimento! Eis a palavra de ordem do esclarecimento (WiA VIII, 35, grifo no original).

Essa passagem resume, por assim dizer, o núcleo do pensamento de Kant sobre a questão. Embora haja certamente muitos pontos a serem destacados nela, gostaríamos de concentrar nossa análise em apenas três aspectos: o primeiro refere-se à expressão "saída" (*Ausgang*); o segundo, à condição humana de menoridade; por último, o terceiro, à definição de esclarecimento como maioridade compreendida enquanto coragem de pensar por conta própria.

O que significa o fato de Kant ter definido a *Aufklärung* como *Ausgang*? Revela, em primeiro lugar, que ele não compreende o esclarecimento como algo estático, como uma posse ou propriedade exclusiva de alguém ou de uma época. Também não o concebe como um acontecimento que já tivesse se consumado, no sentido de que certas pessoas, um determinado povo ou uma determinada nação tivessem-no alcançado definitivamente. Em segundo lugar, não sendo um estado ou uma consumação, o "esclarecimento" é um movimento, um processo e, sendo isso, o problema reside, então, em saber qual é a natureza desse processo. Se considerarmos os aspectos de sua filosofia da história reconstruídos anteriormente, podemos dizer que para Kant tal processo é marcado pela tensão entre as diretrizes gerais de uma teleologia natural e as disposições humanas. Ou seja, a saída (*Ausgang*) denota, no âmbito individual, o esforço humano permanente, guiado pela racionalidade e liberdade, de livrar-se dos grilhões tanto internos como externos. A *Ausgang* é movida, desse modo, pelo antagonismo humano da sociabilidade insociável, e, para evitar a predominância destrutiva desse antagonismo, o homem precisa ter a coragem de pensar por si mesmo, adotando o ponto de vista moral que possa conduzi-lo a dominar a própria propensão ao mal.

Voltemo-nos agora para a condição humana de menoridade (*Unmündigkeit*). Antes de analisar o *status* filosófico atribuído por Kant a essa expressão, podemos nos aproximar de seu sentido usual, corriqueiro. Dizemos que alguém é menor de idade quando ainda não pode responder juridicamente por determinados atos e, nessa condição, precisa que outra pessoa assuma a responsabilidade por ela. Uma criança é menor de idade, por exemplo, quando vai viajar, e um adulto precisa responder por ela. Ao definir a menoridade como condição da qual o próprio homem é culpável, Kant não a considera como uma impotência natural nem como uma imposição jurídica e política. Antes disso, o que lhe interessa diretamente é aquela dimensão da menoridade da qual o próprio indivíduo é culpável. Com a autoculpabilidade dessa condição, ele quer destacar, na verdade, a subserviência e a submissão, mostrando que elas são resultados da atitude própria do indivíduo, mais precisamente, de sua preguiça e covardia. Sob esse aspecto, a menoridade é uma das principais características da fragilidade humana, e a coragem de pensar por si mesmo é a principal forma de enfrentá-la. O *sapere Aude* é o núcleo referencial para enfrentar a fragilidade humana, representada pela preguiça e covardia, e contornar moralmente a sociabilidade insociável. Isso nos conduz ao terceiro aspecto, ou seja, ao tema da maioridade.

Se há uma parcela individual, profundamente pessoal, envolvida na questão da menoridade, sobretudo naquela situação em que ela não é resultado tão somente de forças externas opressoras, então é o indivíduo que precisa reagir, decidindo-se pelo enfrentamento da própria condição covarde e preguiçosa. Neste sentido, se a menoridade é resultado, como indica Kant, da preguiça mental e da covardia pessoal, então é o próprio indivíduo que precisa tomar a decisão de sair desse estado. Ele pode e deve ser ajudado (motivado), mas ninguém poderá decidir por ele. Como sujeito apto à razão e à liberdade, ele possui as disposições suficientes para empreender o caminho da maioridade, o qual nada mais é do que o caminho da *sapere aude*.[17]

---

[17] Tal caminho traçado por Kant mostra o ponto alto da *Bildung* moderna, abrindo espaço para as discussões posteriores, como as desenvolvidas, entre outros, por Humboldt e Hegel. Sobre isso, ver o estudo de Musolff (1989) e sobretudo de Nieser (1992).

No entanto, a construção de tal caminho não ocorre isoladamente, mas sim pela condução de outros e principalmente quando se pensa na educação infantil pela condução dos mais velhos. A saída da menoridade para a maioridade nada mais é do que essa construção do caminho feita em companhia, entre seres em condições frágeis, mas, graças às disposições naturais, com forças para reagir. No contexto formativo-educacional humano e no âmbito mais amplo da aprendizagem da espécie, pesa o fato de que a saída da menoridade é um processo *ad infinutum* a ser *bem* conduzido pelas gerações mais velhas, ou seja, pelos adultos educadores. Deste modo, a coragem de pensar por si mesmo (*sapere aude*) depende tanto do emprego público da razão como de um primado pedagógico da *Aufklärung* como maioridade.

O emprego público da razão

Os traços gerais de sua filosofia da história permitem Kant almejar o progresso do esclarecimento e ver nele, como maioridade, o meio mais eficaz de se aproximar da moralização. O filósofo de Königsberg deposita muito peso à postura esclarecida em seu famoso ensaio (*Was ist Aufklärung?*), chegando mesmo a afirmar que o homem que renunciasse o esclarecimento para si e para sua descendência terminaria por lesar o sagrado direito da humanidade (WiA VIII, 41). Também estabelece nesse ensaio o emprego público da "razão" como condição do progresso do "esclarecimento". Nesse sentido, ter a coragem de fazer uso do próprio entendimento nada mais é do que ter a coragem de fazer uso público da razão. Mas o que isso significa mais precisamente?

No contexto do referido ensaio, Kant introduz a noção de "uso público" da razão para diferenciá-lo do "uso privado" dela. No entanto, antes de estabelecer tal distinção, ele já havia posto uma exigência fundamental para que o indivíduo pudesse fazer uso público de sua razão, a saber, a condição da liberdade. Ou seja, ela é o ponto de partida para que um público se esclareça a si mesmo. Nas próprias palavras:

"O uso público da razão deve em todo o momento ser livre e somente ele pode levar a cabo o esclarecimento entre os homens" (WiA VIII, 37). Portanto, um uso público e livre da razão permite que os homens pensem por si mesmos.

O modo como distingue entre "uso público" e "uso privado" da razão é muito singular, uma vez que Kant introduz a noção de *erudito*, a qual, por sua vez, pode nos auxiliar a balizar, posteriormente, o ponto de vista pedagógico, sobretudo pela ótica do educador. Por "público", entende Kant aquele uso que o *erudito* faz perante o *mundo letrado*; por "privado", o uso feito no exercício de um *cargo público* ou função que ao indivíduo é confiada. Enquanto ao uso público da razão é exigido sempre o raciocinar, para o uso privado isso nem sempre é necessário, bastando na maioria das vezes que obedeça. O filósofo de Königsberg chama a atenção para dois aspectos dessa distinção: primeiro, que não é aconselhável que no uso privado ocorra a desobediência, ou seja, que o indivíduo esbraveje publicamente, de modo injustificado, contra ordens superiores que lhe foram confiadas, sobretudo quando tais ordens são legítimas. Segundo, que a todo indivíduo é exigido, na perspectiva da cidadania, fazer não só uso privado, mas principalmente público de sua razão, tendo de distinguir o momento e a situação oportuna para fazê-lo.

O ponto decisivo disso tudo é que como cidadão o indivíduo é exigido emitir juízo crítico e qualificado sobre as coisas, inclusive sobre aquelas que dizem respeito ao uso privado da própria razão. Portanto, o uso público da razão é caracterizado pelo ponto de vista do *erudito*, o qual nada mais é do que o senso crítico e a capacidade de discernimento que o habilita a proceder ponderada e ajuizadamente sobre as coisas. A importância do ponto de vista do *erudito* reside no fato de ele sintetizar a capacidade de discernir os aspectos aceitáveis e inaceitáveis de qualquer doutrina, lei ou ordem pública. Como o uso público da razão representa o ponto de vista *erudito*, então ele nada mais é do que o ponto de vista do indivíduo esclarecido. Em síntese, Kant atribui muito significado para o ponto de vista *erudito* porque, distanciando-se da preguiça e da covardia, ele simboliza a personificação do *sapere aude*.

Ora, não é preciso ir muito longe para ver o quanto o ponto de vista erudito, quando assumido como diretriz da ação do educador em sua relação do educando, pode torná-lo na referência moral e pedagógica à formação das novas gerações. Sendo assim, um educador que possui a abertura intelectual para buscar construir o ponto de vista erudito não só poderá colocar-se acima de discursos e práticas pedagógicas grosseiras, como também terá a sensibilidade pedagógica necessária para enfrentar o grande desafio humano que é a arte de educar e de se deixar educar.

O esclarecimento como maioridade pedagógica

Precisamos nos debruçar agora, como forma de conclusão deste capítulo, no exame da tese anteriormente formulada de que há um primado pedagógico na ideia do esclarecimento como maioridade. Antes de fazer isso, retenhamos mais uma vez um aspecto principal do resultado obtido até aqui: a ideia kantiana mais ampla de processo formativo-educacional humano está vinculada com a fragilidade da condição humana e o esforço para enfrentá-la caracteriza-se pela adoção do ponto de vista moral. No contexto do ensaio que ora estamos tratando (*Was ist Aufklärung?*), o ponto de vista *erudito*, que caracteriza o esclarecimento como maioridade, é a alternativa apontada por Kant para enfrentar a menoridade da qual cada um é culpado. Como tal ponto de vista precisa ser formado, isso nos leva a afirmar, então, que há, antes de tudo, um primado pedagógico na questão do esclarecimento como maioridade. Mas em que sentido podemos justificar isso de maneira mais aceitável?

Pensamos que o ponto de partida promissor seja examinar duas indicações oferecidas pelo próprio Kant no referido ensaio: a primeira delas, de que o progresso da ilustração depende da formação de indivíduos que possam fazer uso público e livre de sua razão; a segunda, relacionada à primeira, que a figura do *erudito* simboliza a melhor forma do emprego público da razão.

A noção de público (*Publikum*) remete à constatação aparentemente trivial de que ninguém formula suas ideias isoladamente e, por isso, não é capaz de se formar a si mesmo sem a presença do outro. Isto é, para abandonarmos nossa condição de menoridade, precisamos do impulso e da condução do outro. A própria filosofia kantiana da história já havia assegurado a ideia de que é a resistência posta pelo outro que impulsiona o indivíduo a romper com sua indolência natural e, acionando suas disposições naturais, a buscar ser melhor do que ele é. No contexto do referido ensaio (*O que é esclarecimento?*), a existência do público com sua liberdade de manifestação é posta como condição de possibilidade do esclarecimento. Isso significa dizer que, sem o contato social e sem a circulação livre e pública das ideias, não há como os indivíduos pensarem por si mesmos e, portanto, não há esclarecimento. Mas Kant é cauteloso o suficiente para avaliar que só lentamente o público pode chegar ao esclarecimento e tem a plena consciência que ele jamais pode atingi-lo de modo absoluto e definitivo.

O primado pedagógico da *Aufklärung* como maioridade mostra-se, então, primeiramente, no fato de que a superação de nossa condição de menoridade depende das resistências postas pelo outro e sobretudo quando se pensa no processo formativo educacional humano, pelo modo como o educador trata da própria menoridade e da de seu educando. Isso significa dizer que o educador precisa planejar pedagogicamente o modo como vai opor suas resistências ao seu educando e, simultaneamente, educar as próprias resistências que nascem da postura do educando. Neste sentido, é no conflito entre as resistências e no modo como educador e educando as enfrentam que se desencadeia, de forma genuína, o processo pedagógico. Como no referido ensaio tal tratamento está relacionado com o uso público da razão, do qual o ponto de vista *erudito* é o mais adequado, então o primado pedagógico precisa defrontar-se com a elucidação dos traços que constituem tal ponto de vista. Mas isso já nos conduz ao segundo aspecto da questão.

Kant não caracteriza explícita e abertamente o ponto de vista *erudito*. No entanto, podemos traçar nas entrelinhas seu perfil. O primeiro traço do *erudito* está associado com a própria questão originária da *Aufklärung*, ou seja, com a *sapere aude*. Neste sentido, *erudito* é aquele que, superando sua condição frágil, preguiçosa e covarde, já decidiu pensar por si mesmo e, com base em tal decisão, busca orientar-se por opiniões próprias. Isto é, é aquele que desenvolveu a capacidade de pensar por si mesmo e, baseando-se em "pensamentos cuidadosamente examinados e bem intencionados", posiciona-se sobre os assuntos que lhe dizem respeito, inclusive sobre aqueles que se relacionam com o emprego privado de sua razão. Esse traço do *erudito* nada mais é do que o pensamento crítico, alicerçado no exame rigoroso das coisas e numa conduta moral adequada.

O primado pedagógico relacionado a esse primeiro traço do perfil do *erudito* deixa-se ver, em primeiro lugar, pelo fato de que sua decisão de pensar por si mesmo não é conquistada de modo completamente individual e solitário, mas sim influenciada pela condução de outros. Em segundo lugar, quem realmente adota um ponto de vista *erudito* não se contenta em segurá-lo só para si, uma vez que, além de não poder exercê-lo isoladamente, é impelido a incluir o outro em sua ação. Portanto, estão implicados no ponto de vista *erudito* tanto o ideal da intersubjetividade como o da democracia, já que a maioridade, além de só poder ser alcançada em companhia dos outros, se constitui numa meta de todos, e não apenas de alguns.

Por fim, o segundo traço do perfil de um ponto de vista *erudito*. Ele refere-se a alguém que se orienta pelo ponto de vista da "comunidade total" ou da "sociedade civil mundial"

(WiA XVIII, 37), e não pelo seu interesse egoísta particular ou pelo interesse corporativista de seu grupo ou de sua comunidade local. No perfil do *erudito* está, portanto, a concepção cosmopolita que exige incluir na ação as nações e a humanidade como um todo, e não somente um grupo ou um homem individual. Também nesse contexto, o ponto de vista *erudito* não se apoia numa unanimidade artificial, mas no consenso justificado com base na formação aprofundada e competente. Em síntese, o ponto de vista do *erudito* é o ponto de vista do cidadão que é capaz de olhar para a humanidade, indo muito além de seus interesses particulares.

Ante os riscos de uma nascente sociedade moderna, que já começava a se atomizar e acentuar o aspecto destrutivo da sociabilidade insociável, Kant opõe o ponto de vista *erudito* baseado na perspectiva cosmopolita. Ora, considerando que parece ter ocorrido aumento progressivo do aspecto destrutivo daquela sociabilidade desde os tempos de Kant até nossos dias, então o significado e o alcance da concepção cosmopolita, como segundo traço do perfil do *erudito*, preserva ares de muita atualidade. Ou seja, em um mundo globalizado, marcado pela desigualdade de condições, pela pluralidade de ideias e pela profunda diferença nas formas de vida, mais do que nunca somos levados a adotar uma conduta cosmopolita para enfrentar nossos impasses.

Capítulo V

A REVOLUÇÃO COPERNICANA NA PEDAGOGIA

Na exposição do capítulo anterior, ficou-nos claro que Kant justifica o uso público da razão, amparando-o no ponto de vista do erudito, como modo de garantir o nexo entre esclarecimento (*Aufklärung*) e maioridade (*Mündigkeit*). Concebeu a maioridade (pedagógica), na qualidade de autêntico pensador iluminista, como principal forma de ligação entre *Aufklärung* e melhoramento da espécie humana. Suas ideias especificamente pedagógicas conduzem-no à crença de que a educação só pode cumprir a tarefa de contribuir para o melhoramento humano na medida em que proporcionar o desenvolvimento e a utilização mais adequada das disposições naturais da criança. Contudo, para que a educação possa fazê-lo, precisa ser constituída por uma parte física (educação física) e outra prática (educação prática), cabendo a cada uma delas um papel específico: enquanto à educação física competiria o desenvolvimento das disposições relacionadas ao corpo e aos sentidos, seria obra da educação prática o desenvolvimento cognitivo e moral do ser humano.

Em nenhum outro lugar, Kant tratou disso de modo mais detalhado do que em suas lições sobre a pedagogia (*Über Pädagogik*), proferidas durante o semestre de inverno de 1776-1777, o semestre de verão de 1780 e os semestres de 1784-1785 e 1786-1787, na Universidade de Königsberg.[18]

---

[18] Para a polêmica filológica acerca da autenticidade da *Über Pädagogik*, ver, entre outros, Kauder e Fischer (1999) e Weisskopf (1970). Para um estudo mais detalhado e de conjunto sobre a pedagogia kantiana, ver, entre outros: Koch (2003), Pinheiro (2007), Santos (2007), Vandewalle (2001).

Considerando a importância dessas preleções para reconstruirmos algumas das principais ideias pedagógicas de Kant, vamos tomá-las como objeto de análise neste capítulo conclusivo do trabalho. Começaremos pontualizando a influência que Rousseau exerceu em seu pensamento; na sequência, considerando tal influência, referimos brevemente o núcleo da revolução copernicana efetuada por Kant no âmbito da pedagogia e, por fim, trataremos de seu "projeto educacional", reportando-nos à sua parte física e prática.

Herança rousseauniana: a invenção moderna da infância

Muitas das ideias pedagógicas de Kant são tributárias do pensamento pedagógico de Rousseau. Conhecemos a ideia de que Rousseau teria sido o único a interromper as caminhadas diárias do filósofo de Königsberg, durante alguns dias, até que ele concluísse a leitura do *Émile ou da Educação* (VORLÄNDER, 2003, p. 118). Anedota ou não, o fato é que Rousseau exerceu influência duradoura nas ideias morais e pedagógicas de Kant, o qual chegou a considerá-lo como o "Newton da moral".

É suficiente referir agora, para nosso ponto, tão somente a influência pedagógica exercida pelo genebrino, concentrando-nos, precisamente, em dois aspectos: na sua crítica ao intelectualismo pedagógico e, relacionado com ela, na invenção do conceito moderno de infância. Considerando isso, não seria exagero nenhum afirmar que, enquanto Hume despertou Kant de seu sono dogmático no domínio da metafísica, Rousseau teria despertado-lhe de sua dormência pedagógica. Isto é, podemos supor que, se Kant não tivesse lido o *Émile*, talvez tivesse permanecido em grande parte tão somente um profundo escolástico em matéria de educação. No entanto, como era um grande pensador e mantinha-se atualizado sobre o que acontecia a sua volta, evidentemente que não poderia ter permanecido alheio à revolução iniciada em sua época, no campo educacional, com a publicação da referida obra de Rousseau.

Émile forneceu a Kant um vasto material de crítica ao intelectualismo pedagógico reinante na época. Rousseau fora muito transparente no seu descontentamento em relação aos métodos educacionais mecânicos, já que estes, baseados na decoreba e na memorização, tornavam distantes do educando as próprias questões de ensino e de aprendizagem, fazendo com que a educação se tornasse, enfim, um tema enfadonho e desinteressante. O principal limite de tais métodos residia, segundo ele, no fato de quererem só raciocinar com as crianças e, partindo dedutivamente de conceitos abstratos, terminavam por desconhecer e desrespeitar o mundo delas. No fundo, Rousseau mostrava-se cético em relação aos métodos tradicionais que impunham à criança o aprendizado somente por meio da transmissão e memorização de conteúdos.

De outra parte, se os educadores quisessem realmente chegar até as crianças e conhecer o seu mundo, eles deveriam tomar, como ponto de partida, sua organização corporal e sua estrutura sensitiva. Subjacente a essa posição rousseauniana está a tese antropológico-epistemológica de que a criança, antes de ser racional é um ser sensível, que constrói suas relações com o mundo primeiramente pelos sentidos e só progressivamente desenvolve sua estrutura cognitiva. Isto é, não é pela mente, mas sim pela ação dos sentidos que ela se vincula originariamente a tudo aquilo que está fora de si mesma. Ao lado dessa tese, Rousseau também desenvolve sua crítica social, mostrando como a sociedade adulta corrompe e "estraga" as crianças, ao impor-lhes seus vícios e maus costumes. Ora, este duplo diagnóstico – que a criança aprende inicialmente pelos sentidos e que o mundo adulto a corrompe permanentemente – conduz o genebrino a formular sua teoria de que somente uma educação natural, negativa, seria capaz de compreender a criança no próprio mundo e de respeitá-la enquanto tal.[19]

---

[19] Ocupo-me com esta temática no meu último livro, intitulado *Educação natural em Rousseau: das necessidades da criança e dos cuidados do adulto* (2011). Trato, sobretudo nos dois últimos capítulos, do projeto de educação natural dirigido à primeira infância, analisando detidamente o primeiro livro do *Émile*.

O aspecto nuclear da educação negativa repousa então na ideia de que o mais importante para a educação infantil não é ensinar a virtude, mas proteger a criança dos inúmeros e variados vícios do mundo adulto. É nesse contexto que faz sentido, então, o projeto de uma educação natural capaz de planejar um conjunto de procedimentos, objetivando colocar a criança em contato permanente com a natureza. No âmbito da educação centrada na relação entre a criança e as coisas (princípio pedagógico da educação pelas coisas), o educador possui o papel decisivo e insubstituível de *mediar* e *guiar* tal relação, permitindo ao educando, deste modo, o fortalecimento de seu corpo e o refinamento de seus sentidos.

Portanto, a meta da educação natural, ao contrário de ser uma educação intelectualista, baseada no verbalismo vazio, moralizante e abstrato, consistia em fortalecer o corpo e refinar os sentidos da criança, pois somente assim ela estaria dando passos importantes para sua socialização autônoma, na qual a criança poderia tornar-se "rainha de si mesma". Rousseau considerava tal socialização como núcleo fundante de uma vida virtuosa, distantes dos vícios e baseada na compaixão pelo sofrimento dos outros. Inserindo o educando no mundo das coisas e tomando suas experiências aí desenvolvidas, a educação natural permitia-lhe o aprendizado pela própria ação. Deste modo, o genebrino antecipa um dos pilares da pedagogia contemporânea, a saber, a ideia do "aprender fazendo".

Revolução copernicana: a ideia do sujeito ativo pedagogicamente

Não é difícil imaginar o quanto essas ideias serviram de estímulo a Kant, o qual pôde inseri-las tanto no âmbito de sua filosofia crítica como, especificamente, no conteúdo de suas preleções sobre a pedagogia (*Über Pädagogik*).

Com o auxílio de sua filosofia crítica, Kant pôde levar às últimas consequências a revolução pedagógica iniciada por Rousseau. A reviravolta provocada pelas três Críticas no que diz respeito ao sujeito do conhecimento, ao sujeito da ação e ao sujeito do sentimento pelo belo e pelo sublime foi enorme. Embora, evidentemente, não possamos seguir aqui em detalhes tal reviravolta, devemos nos concentrar num aspecto surgido da relação entre sujeito do conhecimento e sujeito da educação, o qual abre um novo e imenso caminho epistemológico ao pensamento pedagógico subsequente (KOCH, 2005, p. 13ss).

Como vimos no segundo capítulo deste trabalho, a revolução copernicana desencadeada no âmbito do conhecimento consistiu, contrariamente ao realismo ontológico, em fazer os objetos girarem em torno da razão, posicionando, deste modo, o sujeito no centro de sua relação com o mundo. Com essa revolução na maneira de pensar, Kant pôde desenvolver sua teoria da constituição subjetivo-transcendental do mundo objetivo: por meio de sua estrutura transcendental, o sujeito constrói o mundo de sua experiência possível, passando da mera posição de espectador para a de sujeito ativo.

As implicações pedagógicas que resultam daí são imensas. A principal delas repousa na ideia de que o educando só pode aprender adequadamente quando for concebido, desde o início do processo pedagógico, como um sujeito ativo. Ora, a revolução no domínio pedagógico consiste então, mais precisamente, na crítica à ideia pedagógica tradicional de que o educando é um sujeito passivo, que só aprenderia adequadamente quando colocado na posição de um receptor. Deste modo, a passividade do sujeito encaixava-se bem à pedagogia memorizadora, baseada na transmissão e na memorização dos conteúdos.

Contra o predomínio do intelectualismo pedagógico Kant volta-se abertamente na *Über Pädagogik*:

> Crê-se geralmente que não é necessário fazer experiência na educação e que se poderia julgar unicamente com a razão se uma coisa será boa ou má. Erra-se aqui muito e a experiência nos ensina que as nossas tentativas produziram de fato efeitos opostos àqueles que esperávamos (Päd, IX, 451).

O conteúdo da passagem estabelece de modo seguro a insuficiência da razão nos assuntos educacionais e, simultaneamente, a importância de se levar em consideração a experiência. Ora, no contexto da educação infantil, o modo mais apropriado de tomar a experiência como referência é a consideração detida sobre a organização corporal da criança e sua respectiva estrutura sensitiva.

Detenhamo-nos ainda, por mais um instante, no conteúdo da revolução copernicana no domínio pedagógico. Em sua base está a noção kantiana, também referida nas lições *Über Pädagogik*, de que a aprendizagem torna-se realmente eficaz, quando o educando aprende por si mesmo, a partir de sua experiência e inserido no âmbito do fazer. Contra o emprego excessivo de instrumentos que a educação de sua época fazia para apressar o desenvolvimento da criança, como o uso de andador para fazê-la caminhar, Kant afirma o seguinte: "De modo geral, seria melhor usar no começo poucos instrumentos e deixar as crianças aprenderem muitas coisas por si mesmas" (Päd, IX, 462). Ora, aprender por si mesma não é o lema somente da educação física, na qual a criança deve aprender a andar e falar, mas também da educação moral, cujo núcleo reside, como ainda veremos, na capacidade de pensar por conta própria.

De qualquer modo, resulta da revolução copernicana realizada no âmbito da filosofia teórica a convicção pedagógica de que o conhecimento, para que possa ser obra significativa do educando, precisa brotar da própria experiência, devendo ser por ele produzido. Caso contrário, o conteúdo do ensino torna-se para ele algo completamente estranho e sem sentido. Da posição ativa do sujeito cognoscente, proporcionada pela revolução copernicana na maneira de pensar, resulta a posição ativa do educando no âmbito pedagógico, como alguém que só aprende verdadeiramente na medida em que tiver as condições pedagógicas próprias para que possa construir por si mesmo os conteúdos de sua aprendizagem. Contudo, é esse tipo de pensamento educacional que vai sustentar o ideal de uma interação pedagógica recíproca entre educador e educando, o qual marcará as mais diversas tendências críticas da pedagogia contemporânea.

Portanto, com a revolução pedagógica moderna, levada acabo tanto por Rousseau como por Kant, abre-se a possibilidade, antes impensável nos marcos da pedagogia escolástica, para que o educador se coloque na posição de alguém que aprende, e o educando, por sua vez, como alguém que também pode ensinar. Sem a contribuição desses dois autores, seria difícil imaginar a reciprocidade na relação pedagógica e a desverticalização do autoritarismo pedagógico exigidos pelas tendências democráticas do pensamento educacional contemporâneo.

Inversão metodológica: do primado do intelecto ao predomínio dos sentidos

Para que possamos tornar mais concreto o alcance dessa reviravolta na maneira pedagógica de pensar, devemos nos reportar especificamente à transformação didático-metodológica que ela provoca. Alçado na posição de um sujeito ativo, o educando deixa de se ajustar passivamente ao conteúdo professado pelo educador e vê-se na condição de ter que construir o conteúdo a partir da própria razão, ou seja, a partir de sua capacidade de julgar. No entanto, a condição de pensar por conta própria é resultado de um longo processo formativo, que deve ter seu início ainda na infância e, para que possa ter êxito, precisa estar baseada em determinados procedimentos pedagógicos.

Ora, é justamente nesse ponto que a influência das ideias pedagógicas de Rousseau, alicerçadas na sua revolução metodológica no trato educativo com as crianças, faz-se notar nitidamente no pensamento de Kant. O filósofo de Königsberg assume e incorpora em suas lições *Über Pädagogik* o princípio metodológico central da educação natural de que a criança só pode alcançar a condição de pensar por si mesma se for compreendida no próprio mundo, isto é, quando for compreendida como um ser sensitivo antes de ser racional. Isso põe a exigência metodológica de se iniciar pela educação dos sentidos. Assim afirma Kant: "O primeiro gosto a ser cultivado é o dos sentidos, sobretudo, o da vista, e, finalmente, o das idéias" (Päd, IX, 474).

Deste modo, o ponto de partida metodológico da educação natural é inverso à pedagogia memorizadora, uma vez que não inicia pela formação dos conceitos, mas sim pela educação dos sentidos. É por causa dessa ideia que Rousseau rejeita firmemente a educação livresca que pretendia encher a cabeça da criança com conceitos abstratos, baseando-se num método catequético de doutrinação das formas de pensar. Uma época movida pelo esclarecimento não podia mais aceitar que as criança fossem tratadas como adultos em miniatura, pois, ao contrário, deveriam ser educadas para superar a condição de menoridade.

Isso põe a exigência ao educador de desenvolver didaticamente um percurso com a criança que deveria iniciar com suas intuições sensíveis, valorizando toda sua dimensão sensível, até que ela pudesse alcançar progressivamente formas abstratas de pensar. Contudo, cabe ressaltar que a educação dos sentidos não é a meta final da educação natural, mas o ponto de partida mais eficiente para preparar a criança a fazer uso do próprio entendimento, já que ela deveria poder, quando atingir a idade juvenil e adulta, dar-se a si mesma o princípio da lei moral suprema.

Ao assumir em suas lições *Über Pädagogik* o núcleo do credo metodológico rousseauniano, Kant também é levado a acreditar que a educação moral deveria ser precedida pela educação física. Ele se insere com isso no âmago da problemática educacional, reconhecendo, como dificuldade pedagógica crucial, a exigência, posta a todo educador com inspiração cosmopolita, de procurar buscar o homem na criança, esforçando-se por compreendê-la como ela é, ou seja, na especificidade de seu desenvolvimento infantil. Mais precisamente, Kant é conduzido a reconhecer, em última instância, como já vimos, que o estudo do desenvolvimento da criança, indispensável à formação moral adulta, impõe outra ordem pedagógico-epistemológica, que deve iniciar pelos sentidos, e não pela razão, tendo de privilegiar inicialmente a estrutura sensível da criança e o âmbito de sua intuição sensível, para somente depois atingir sua estrutura cognitiva, com seus conceitos abstratos.

Entretanto, a inserção no âmago da problemática educacional também ocorre motivada pelo fio condutor de sua filosofia da história, a saber, de que a humanidade está destinada à perfeição, e, possuindo as disposições para tal, compete à educação desenvolvê-las. Neste contexto, a pedagogia contribui eficazmente para a aproximação da condição humana ao ideal de humanidade quando, ao se ocupar com a educação infantil, tomar a criança por aquilo que ela inicialmente é, ou seja, como um ser mais sensível do que racional. Daí a educação física como ponto de partida da educação infantil.

Educação física: a pedagogia do cultivo refinado dos sentidos

Ao pensar na educação física como etapa primeira da educação infantil, Kant mantêm-se nos trilhos do *Émile*, sendo profundamente influenciado pelos dois primeiros livros daquela obra. Do mesmo modo como a educação natural, concebe um papel eminentemente negativo à sua educação física: "Deve-se observar em geral que a primeira educação deveria ser puramente negativa, isto é, que nada caberia acrescentar às preocupações tomadas pela natureza, mas restringir-se a não perturbar a sua ação" (Päd, IX, 459). Sendo assim, se o educar souber observar atentamente quais são tais preocupais e, ao mesmo tempo, saber como deixá-las fluir livremente no fortalecimento do corpo e no refinamento dos sentidos da criança, ele já estará fazendo o mais importante de sua difícil obra educativa com as crianças.

Neste contexto, a educação física precisa desenvolver um tratamento adequado para a relação dos adultos com o bebê, evitando acostumá-los mal já desde os seus primeiros dias de vida. Assim se expressa Kant sobre esse tema:

> Se os bebês foram acostumados a verem satisfeitos todos os seus caprichos, depois será tarde para dominar a sua vontade. Deixe-se, pois, que chorem à vontade, e logo eles mesmos ficarão cansados de chorar. Quando se cede, porém, a todos os seus caprichos na primeira infância, corrompem-se desse modo o seu coração e os seus costumes (Päd, IX, 460).

Essa passagem é elucidativa de um aspecto nuclear da educação física, já que lhe atribui o papel de se ocupar pedagogicamente com a formação da vontade da criança, uma vez que, no âmbito da vontade, repousa algo originário da corrupção infantil, a saber, a fraqueza e a desorientação de seus desejos (caprichos). Na ausência de um pensamento formado, ou seja, na ausência de uma estrutura cognitiva desenvolvida, a criança e sobretudo o bebê tornam-se muito mais vulneráveis tanto aos próprios desejos como às influências do mundo adulto. Nessa condição, eles tanto podem ser corrompidos pelo adulto, como também corrompê-los, escravizando-os. Em síntese, Kant tem em mente, na passagem acima, os cuidados que o educando precisa ter para atender ao choro como uma das necessidades típicas da criança.

Revelador aqui é o fato de que o "programa" da educação física se orienta pela tensão entre as necessidades da criança e os cuidados do adulto. Além do choro, a criança possui muitas outras necessidades reais, como a fome, o sono, a locomoção motora e a própria necessidade afetiva. Então, é decisivo, neste contexto, o modo como o adulto dispensa seus cuidados para atender a tais necessidades. Mais ainda, o adulto possui a árdua tarefa de identificar o que é real e o que é fantasioso naquilo que é manifestado pela criança e buscar atender as suas necessidades reais de modo sereno e natural, sem viciá-la em seu caráter.

Poderíamos pensar que nessa situação o educador não teria muita coisa a fazer, pois se sentiria impotente perante o mistério e a condição amplamente indeterminada e cheia de surpresas do mundo infantil, caracterizado pela reação inusitada, a cada instante, da criança. Contudo, há algo de decisivo que está ao seu alcance e que reside em não arruinar as disposições naturais da criança, não se deixando dobrar à sua vontade despótica. Ora, a negatividade da educação física consiste em não ceder às pressões sutis e à capacidade dissimuladora da criança, adquirida por ela tão logo começa a conviver com o mundo adulto.

Contra o emprego de instrumentos artificiais que pretende apressar o desenvolvimento da criança, mas que no fim termina por prejudicá-la sensivelmente, tanto em sua constituição física como na formação cognitiva, a educação física volta-se para a liberdade de movimento da criança. Kant formula esse pensamento numa passagem esclarecedora de *Über Pädagogik*:

> Todos os instrumentos artificiais desta espécie são tanto mais prejudiciais, na medida em que contradizem diretamente ao fim que se propõe a natureza nos seres organizados e racionais, em consequência do qual devem permanecer livres para aprender a servir-se de suas próprias forças (Päd, IX, 463).

O fundamental aqui, e que deve ser levado em conta pela educação física, é a ideia de que há uma teleologia natural que, por meio da liberdade concedida a todo ser racional, o impele a auto-organização das próprias forças. Ou seja, dito de outro modo, a natureza concebeu os seres racionais em liberdade, considerando esta (a liberdade), no caso especifico do bebê humano, como um fator decisivo para o desenvolvimento das próprias disposições. Por isso, o educador que desrespeitar a liberdade da criança, transformando-a num simples objeto de seus sonhos ou desejos, certamente estará adestrando-a, mas jamais lhe oferecendo educação.

Ora, considerando o vínculo entre teleologia natural e liberdade, não há motivos para apressar o desenvolvimento da criança, querendo que ela, por exemplo, ande ou fale antes do tempo. Neste sentido, a consistência da educação física repousa em sua capacidade de poder descobrir e, simultaneamente, respeitar o tempo de maturação necessária que diz respeito a cada criança. Mas, nessa árdua tarefa, o educador não está sozinho, já que, se observar bem, a própria natureza tem o seu ritmo, e também outros animais deixam-se regular instintivamente por suas leis. "Encontramos, até mesmo na natureza casos de periodicidade. Os animais têm o seu tempo determinado para dormir. O homem também deveria habituar-se a dormir em certas horas marcadas, para que não seja perturbando em suas funções corporais" (Päd, IX, 463).

Deste modo, uma marca característica da educação física consiste em seguir de perto a regularidade imposta ao ser humano pela própria natureza. Tal regularidade deve incidir diretamente, na primeira infância, no fortalecimento do corpo e no refinamento dos sentidos: "O que se deve observar na educação física, portanto, no que diz respeito ao corpo, se refere ao uso do movimento voluntário ou dos órgãos dos sentidos" (Päd, IX, 466).

É em observação estreita a tal regularidade que o educador pode tornar-se um *guia* eficiente na educação da criança, evitando antecipar prematuramente coisas que não lhe dizem respeito e, ao mesmo tempo, preparando-lhe adequadamente para seu desenvolvimento cognitivo e sua formação moral futura. Para que seja um guia eficiente na relação que a criança mantém com as coisas que a cercam, o educador deve lançar mão de muitos exercícios físicos, escolhendo aqueles que conduzem a criança a se exercitar por si mesma. De outra parte, o jogo e a brincadeira são os recursos pedagógicos mais eficientes tanto para o fortalecimento do corpo como para o refinamento dos sentidos. "Os melhores jogos são aqueles que, em geral, além de desenvolver a habilidade, também provocam o exercício dos sentidos" (Päd, IX, 467).

Não há dúvida, assim acredita Kant, em comum acordo com o genebrino, de que o ser humano que fora capaz na infância de fortalecer adequadamente seu corpo e refinar seus sentidos está em melhores condições de desenvolver sua inteligência e, considerando as provações e a rigidez do caráter físico, impostos pela dureza leal da natureza, também está em melhoras condições de formar moralmente seu caráter.

Educação prática: a pedagogia do cultivo autônomo da inteligência

Mesmo que permanecêssemos somente no ponto de vista da educação física, quando o tivéssemos alcançado, já teríamos feito uma grande coisa como educadores, pois viríamos sair de nossas mãos crianças robustas, como sentidos aguçados, ou seja, bem formadas. Poderíamos imaginar que a metade da obra humana já estaria pronta, restando apenas a outra por ser concluída. Contudo, nem Rousseau nem Kant pensam de modo mecânico, uma vez que não estabelecem distinção rígida entre educação física (natural) e educação prática (moral). Ao contrário disso, embora as vejam como duas etapas definidas na formação do ser humano, atribuindo-lhes objetivos e papéis específicos, concebem-nas profundamente vinculadas e dependentes uma da outra.

Se o núcleo da educação física consiste no fortalecimento do corpo e no refinamento dos sentidos, cabe agora à educação prática ocupar-se inteiramente com a capacidade cognitiva do educando, visando ao desenvolvimento de suas forças (faculdades) racionais. Por isso, a educação prática deve começar com um conjunto de procedimentos que possam preparar adequadamente o ser humano para fazer uso do próprio entendimento. Entra em jogo aqui, como se pode observar, o desenvolvimento das forças cognitivas, concebido como ponto de partida indispensável para a maioridade moral. Isto é, essa ideia está sustentada por um pensamento filosófico de fundo, justificado por Kant em sua filosofia prática: somente o ser humano que for capaz de pensar por conta própria estará em condições de tomar a lei moral como sua obrigação. Com isso nos fica claro também que a tão buscada moralização depende, do ponto de vista do processo formativo do ser humano, de duas etapas anteriores, as quais implicam, elas mesmas, no caso da primeira, o cultivo do corpo e, da segunda, o cultivo das faculdades mentais, ou seja, da inteligência humana.

Embora Kant atribui, nesse caso mais explicitamente do que Rousseau, uma parte positiva também à sua educação física, dando-lhe a tarefa de proporcionar uma formação cultural mínima ao educando, reserva, contudo, à educação prática, o papel de cultivo aprofundado da alma. Enquanto a educação física refere-se diretamente à natureza e deixa-se orientar inteiramente por ela, a educação prática (moral) depende da liberdade. Com o fenômeno da liberdade, entra em cena um conjunto de novas situações que tornam ainda mais complexo o processo formativo humano. Pois, como afirma Kant (Päd, IX, 470), "um ser humano pode ter recebido uma formação física sólida e ter um espírito muito bem formado, mas ser mau do ponto de vista moral, sendo deste modo uma criatura má". Ou seja, não há uma implicação lógica entre o refinamento dos sentidos, a habilidade no raciocínio (sagacidade na inteligência) e a moralidade nas ações.

Isso deve bastar para nos precaver contra uma suposta suficiência baseada na exclusividade tanto do desenvolvimento das forças físicas como no das forças racionais do ser humano. Isto é, para o contexto de nosso problema, tanto o fortalecimento do corpo e o refinamento dos sentidos como o desenvolvimento da racionalidade são condições necessárias, mas não suficientes para a formação moral. Em síntese, Kant parece almejar aqui, nesta passagem, algo mais para o desenvolvimento do ponto de vista moral: além de um corpo robusto, de sentidos refinados e de uma inteligência sagaz, é preciso querer fazer o bem porque ele é bem em si mesmo, exigindo isso um caráter moral bem formado.

Entende Kant, neste contexto, como forças racionais mais importantes, o entendimento, a razão, a memória e a imaginação. Cada uma delas precisa ser longamente exercitada para poder ser desenvolvida a contento. Entre elas, o destaque recai sobre o entendimento e a memória, visto que enquanto pelo bom uso do entendimento, podemos desenvolver nossa própria capacidade de julgar, pela memória guardamos o que fazemos, sobretudo quando empregamos nosso entendimento. Embora não seja um adepto fervoroso da educação de sua época, Kant retém dela o cultivo da memória como algo importante na educação das crianças, mencionando, nesse contexto, um conjunto de exercícios que contribuiriam para o seu desenvolvimento.

No que diz respeito especificamente ao cultivo do entendimento, o diferencial repousa em poder empregá-lo de modo reflexivo, e não como um ato mecânico de pensamento. Ou melhor, não basta apenas assimilar regras, mas ter a consciência da regra que segue. Kant exige aqui um uso construtivo e criativo do entendimento, o qual só pode ser alcançado por meio do uso da regra, e não somente de sua memorização. Nesse contexto, o cultivo adequado do entendimento, visando seu papel para a moralização da ação humana, repousa em torná-lo capaz de seguir uma regra, e ele só consegue isso quando for exercitado a usar a própria regra. Conforme Kant: "Aqui se coloca a seguinte questão: convém começar com o estudo das regras abstratamente, ou devemos aprendê-las após seu uso? O aprendizado pelo uso é o único método razoável: no outro caso, enquanto não se chega à regra, o uso permanecerá obscuro" (Päd, IX, 475).

Isso significa que o desenvolvimento do raciocínio na criança deve ser guiado pelo exercício de construção de regras, e não iniciar diretamente pelo estudo memorativo delas. Ora, é essa compreensão educacional que conduz tanto Rousseau como Kant a romper com o intelectualismo pedagógico de sua época e apostar na eficiência pedagógica do jogo e da brincadeira para a construção progressiva da estrutura cognitiva da criança.

De qualquer modo, o ponto importante é que a formação moral pressupõe um desenvolvimento adequado e equilibrado das diversas forças racionais humanas. Kant nos dá nas preleções *Über Pädagogik* uma direção segura de tal desenvolvimento quando afirma o seguinte: "A principal regra é a seguinte: não desenvolver separadamente uma força do espírito (força de ânimo) por si mesma, mas desenvolvê-la levando em conta as outras, como a imaginação a serviço da memória" (Päd, IX, 472). Portanto, mesmo que uma força racional seja mais importante do que a outra, o que pesa decisivamente para a formação moral humana é o fato de que todas sejam desenvolvidas, sem menosprezo a nenhuma delas e, além disso, que sejam constantemente relacionadas umas com as outras. Isso nos dá a ideia de uma formação integral dos diferentes tipos de racionalidade humana como condição da própria formação moral.

Por fim, com o corpo robusto, os sentidos refinados e as diferentes forças racionais integradas entre si, estaríamos agora, assim acredita Kant, em melhores condições de enfrentar o problema da formação moral propriamente dita. Ela consiste, antes de tudo, na formação do caráter. "A primeira tarefa da cultura moral é lançar os fundamentos da formação do caráter" (Päd, IX, 481).

Nesse contexto, para que a ação humana seja capaz de assumir o ponto de vista moral, ela precisa ir além da disciplina e orientar-se por máximas. Sobre isso, Kant afirma o seguinte:

> É preciso muito cuidado para que o educando aja segundo suas próprias máximas, e não por simples hábito, e que não faça simplesmente o bem, mas o faça porque é bem em si mesmo. Com efeito, todo o valor moral das ações reside nas máximas do bem (Päd, IX, 475).

Com isso fica claro que o ponto de vista da moralidade reside na busca pelo bem em si mesmo, o qual é alcançado não pelo hábito, mas sim pela capacidade da razão dar-se a si mesma a lei. Vê-se agora a importância do educando ter sido cultivado para fazer uso do próprio entendimento e, mais precisamente, instigado, ao longo de seu processo formativo, a desenvolver a capacidade de formular juízos por si mesmo. Também se torna claro a importância de todo o exercício feito no sentido de aprender a regra pelo seu uso, já que a capacidade de a razão dar-se a si mesma a lei, que é a condição indispensável da moralização, depende também de tal uso.

Contudo, ao conduzir o educando por diferentes etapas pedagógicas, até que ele alcance progressivamente, mas em hipótese alguma de modo definitivo, o âmbito da moralização, Kant preserva o princípio da autonomia como fio condutor da relação pedagógica entre educador e educando. Nessa conjunção, o educador deve proceder de tal modo que o educando possa buscar por si mesmo sua maioridade, uma vez que ele aprende melhor aquilo que ele mesmo faz: "Aprende-se mais solidamente e se memoriza de modo mais seguro o que se aprende por si mesmo" (Päd, IX, 477). Temos com isso, uma leitura superadora da pedagogia escolástica, mantendo sua dimensão que ainda é fértil, mas distanciando-se nitidamente de seus aspectos já fossilizados. A memória é ainda considerada como recurso pedagógico indispensável, mas se coloca, no centro do processo pedagógico, a figura do aluno com capacidade de aprender por meio da própria experiência

Em síntese, podemos encontrar no pensamento de Kant, ainda na aurora da modernidade, o princípio metodológico de uma pedagogia da autonomia que toma a experiência do educando como ponto de partida e visa *conduzi-lo* a pensar por si mesmo. Em Kant, mais do que em qualquer outro filósofo pedagogo, encontramos a *sapere aude* como caminho da busca pela convivência humano-social digna e democrática.

Educação como ideia e o pedagogo como cidadão do mundo

Em forma de conclusão, queremos nos voltar para o vínculo entre as ideias pedagógicas de Kant e a perspectiva geral traçada por sua filosofia da história. Ou seja, mais precisamente, a questão que gostaríamos de enfrentar agora é a seguinte: em que sentido a educação pode contribuir para conduzir a condição humana a um estado melhor? Não podemos esquecer aqui o que já fora aludido no capítulo anterior, a saber, de que para Kant o progresso maior ocorre no âmbito da espécie, e não do indivíduo, porque, sendo a vida individual muito curta, não possui o tempo suficiente para suportar grandes transformações necessárias ao melhoramento do gênero humano.

Kant compreende a educação com base na relação entre o ser humano e a humanidade. Melhor dito, compreende a educação como passagem permanente entre o que o homem é e aquilo que ele pode ser (VANDEWALLE, 2001), contendo esse ideal de o dever ser a própria ideia de humanidade. Embora o homem seja enigmático e obscuro por si mesmo, sabemos ao certo que ele é feito de "madeira retorcida" ("*krummes Holz*"), ou seja, que é um ser vulnerável e indeterminado, mas com muitas possibilidades de realização. Mesmo sendo um ser incompleto e indeterminado, é o exercício de sua liberdade que lhe assegura a busca pela sua determinação, ainda que saiba, para o próprio desespero, que jamais poderá alcançá-la por inteiro.

Dessa forma, uma das convicções pedagógicas do filósofo de Königsberg consiste em tornar presente ao mundo das novas gerações a consciência dessa indeterminação humana. Também deve ser parte central de sua educação a noção de passagem daquilo que o homem é para aquilo que ele pode ser. Como vimos, a educação realiza esse trabalho de passagem, no âmbito infantil, quando propicia à criança, por meio dos cuidados pedagógicos do adulto, o domínio da própria animalidade, elevando-a à condição de indivíduo (cultura), de cidadão (civilização) e de humanidade (moralização). Ora, por força pedagógica e progressivamente tal passagem, é que a educação atua a favor do melhoramento do indivíduo e da espécie.

Por fim, que perfil essa ideia iluminista (otimista) de educação reserva ao educador? Por considerar a indeterminabilidade da condição humana e a educação como um dos maiores problemas humanos, o educador pode, então, assumir o papel de guia e governante, devendo provocar nas novas gerações a passagem do que são para o que podem ser, sempre visando ao bem em si mesmo. A dupla consciência de sua condição indeterminada e de pertença à espécie humana permite-lhe adotar o ponto de vista cosmopolita, elevando-se à condição de um cidadão do mundo. Mediante tal condição, o educador forma adequadamente tanto seu ponto de vista como a própria conduta e isso porque consegue levar moralmente em consideração o ponto de vista e as ações do outro.

Tal perfil pode parecer-nos hoje em dia demasiadamente idealista. Contudo, se tomássemos ao pé da letra a inspiração cosmopolita nele inerente, seríamos levados, caso desejássemos buscar a humanidade na criança, a compreendê-la como ela é, ou seja, na especificidade de seu desenvolvimento infantil.

Breve cronologia kantiana

1724: Nascimento em Königsberg, lado oriental do Império prussiano, no dia 22 de abril

1732-1740: Estudo no Collegium Fridericianum

1737: Morte de sua mãe

1740-1747: Estudo na Albertina (Universidade de Königsberg)

1746: Morte de seu pai

1748-1754: Preceptor em algumas famílias aos arredores de Königsberg

1749: Publicação do primeiro livro *Pensamentos sobre a avaliação real das forças vivas*

1755-1756: Doutorado e habilitação na Albertina

1756-1771: Docente privado na Albertina

1766-1772: Vice-bibliotecário da biblioteca real do castelo

1770-1781: "Década silenciosa", dedicada à preparação da *Crítica da razão pura*

1771-1797: *Professor* na Albertina

1781: *Crítica da razão pura*

1785: *Fundamentação da metafísica dos costumes*

1788: *Crítica da razão prática*

1790: *Crítica do Juízo*

1797: *Metafísica dos costumes*

1803: *Sobre a pedagogia*, organizado por Theodor Rink

1804: Morte em Königsberg, às 11 horas do dia 12 de fevereiro

Alguns sites importantes

www.sociedadekant.org.
www.northamericankantsociety.onefaireplace.org
www.kant-gesellschaft.de
www.Kant.uni-mainz.de

Modo de citação e abreviaturas

Modo de citação

Os escritos de Kant são citados de acordo com a edição da Academia Alemã de Ciência (*Deutschen Akademie der Wissenschaften*). A abreviatura da obra é seguida pelo volume da edição, indicado em número romano, e pela página, em arábico. As passagens da crítica da razão pura serão citadas de acordo com a primeira ou segunda edições, designadas, respectivamente, com as letras A e B.

Abreviaturas das obras de Kant

Os textos de Kant citados no corpo do trabalho recebem a seguinte abreviatura usual:

Gedanken – *Gedanken von der wahren Schätzung der lebendigen Kräfte* (*Pensamentos sobre a avaliação real das forças vivas*)

GMS – *Grundlegung zur Metaphysik der Sitten* (*Fundamentação da metafísica dos costumes*)

IaG – *Idee zu einer allgemeinen Geschichte in weltbürgerlicher Absicht* (*Ideia de uma história universal de um ponto de vista cosmopolita*)

KpV – *Kritik der parktischen Vernunft* (*Crítica da razão prática*)

KrV – *Kritik der reinen Vernunft* (*Crítica da razão pura*)

Logik – Logik, Hg. von Gottlob Benjamin Jäsche 1800 (*Lógica*. Org. de Gottlob Benjamin Jäsche, 1800

Päd – *Über Pädagogik* (*Sobre a pedagogia*)

WiA – *Beantwortung der Frage: Was ist Aufklärung?* (*Resposta à pergunta o que é esclarecimento?*)

Referências

ARENDT, H. *Zwischen Vergangenheit und Zukunft*. München/Zürich: Piper, 1994.

BAHR, E. (Hrsg.). *Was ist Aufklärung?* Sttugart: Reclam, 2002.

CASSIRER, E. *Kants Leben und Lehre*. Darmstadt: WBG, 1994.

DALBOSCO, C. A. *Ding an sich und Erscheinung. Perspektiven des transzendentalen Idealismus bei Kant*. Würzburg: Königshausen & Neumann, 2002.

DALBOSCO, C. A. Vom disziplinierten Zwang zur moralischen Verbindlichkeit. Zur Bedeutung und Rolle der Pädagogik bei Kant. In: *Pädagogische Rundschau*, 58, 2004. p. 385-400.

DALBOSCO, C. A.; EIDAM, H. *Moralidade e educação em Immanuel Kant*. Ijui: Editora UNIJUI, 2009.

DALBOSCO, C. A. *Educação natural em Rousseau: Das necessidades da criança e dos cuidados do adulto*. São Paulo: Cortez, 2011.

ENGEL, R. *Kants Lehre vom Ding an sich und ihre Erziehungs – und Bilduns – Theoretische Bedeutung*. Berlin: Peter Lang, 1996.

GROOTHOFF, H-H. *Immanuel Kant. Ausgewählte Schriften zur Pädagogik und ihrer Begründung*. Paderbon: Ferdinand Schöningh, 1982.

FOUCAULT, M. *El gobierno de sí y de los otros*. Traducción de Horacio Pons. Buenos Aires: Fondo de Cultura Económica de Argentina, 2009.

HOSSENFELDER, M. *Kants Konstitutionstheorie und die Transzendentale Deduktion*. Berli/New York: Walter de Gruyter, 1978.

HUFNAGEL, E. Kants pädagogische Theorie. *Kant-Studien*, n. 79, 1998, p. 43-56.

KANT, I. *Gesammelte Schriften, Hrsg. v. der Königlichen Preussischen (Deutschen) Akademie der Wissenschaft*, Berlin, 1902ff.

KAUDER, P. U. Fischer, W. *Immanuel Kant über Pädagogik*. Hohengeren 1999.

KAULBACH, F. Naturphilosophie und Geschichtsphilosophie bei Kant. *Kant-Studien, n.* 56, 1966, p. 430-451.

KAULBACH, F. *Immanuel Kant*. Berlin/New York: De Gruyter, 1982.

KLEINGELD, P. *Fortschritt und Vernunft: Zur Geschichtsphilosophie Kants*. Würzburg: Königshausen und Neumann, 1995.

KOCH, L. Kants ethische Didatik. Würsburg: Ergon Verlag, 2003.

KOCH, L. Kants Revolutionen. In: KOCH, L.; SCHÖNHERR, C. (Hrsg.). *Kant – Pädagogik und Politik*. Würsburg: Ergon Verlag, 2005.

KÖRNER, S. *Kant*. Göttingen: Vandenhoeck und Ruprecht, 1980.

KÜHN, M. *Kant. Eine Biographie*. München: Verlag C. H. Beck, 2004.

LEBRUN, G. Uma escatologia para a moral. In: TERRA, R. R. (Org.). *Immanuel Kant. Idéia de uma história universal de um ponto de vista cosmopolita*. São Paulo: Martins Fontes, 2004. p. 69-105.

LÖWITH, K. *El sentido de la historia. Implicações teologicas de la filosofia de la historia*. Trad. Justo F. Bujan. Madrid: Aguilar, 1973.

LUTZ-BACHMANN, M. *Geschichte und Subjekt. Zum Begriff der Geschichtsphilosophie bei Immanuel Kant und Karl Marx*. Freiburg/München: Verlag Karl Alber, 1988.

MARTIN, G. *Immanuel Kant*. Berlin/New York: De Gruyter, 1969.

MUSOLFF, H. U. *Bildung. Der klassische Begrif und sein Wandel in der Bildungsreform der sechziger Jahre*. Weinheim: Deutscher Studien Verlag, 1989.

NIESER, B. *Aufklärung und Bildung. Studien zur Entstehung und gesellschaftlichen Bedeutung von Bildungskonzeptionen in Frankreich und Deutschland im Jahrhundert der Aufklärung*. Weinheim: Deutscher Studien Verlag, 1992.

NUSSBAUM, M. C. *Not for profit. Why democracy needs the humanities*. Princeton University Press, 2010.

PINHEIRO, C. M. *Kant e a educação: reflexões filosóficas*. Caxias do Sul: EDUCS, 2007.

PRAUSS, G. *Kant und das Problem der Dinge an sich*. Bonn: Bouvier Verlag, 1989.

RUHLOFF, J. Wie kultiviere ich die Freiheit bei dem Zwang. *Vierteljahrsschrift für wissenschaftliche Pädagogik, n.* 51, 1975, p. 2-18.

SANTOS, R. *Moralität und Erziehung bei Immanuel Kant*. Kassel: Kassel University Press GmbH, 2007.

SCHÖNECKER, D. *Kant: Grundlegung III. Die Deduktion des kategorischen Imperativs*. Freiburg/München: Verlag Karl Alber, 1999.

SCHÖNECKER, D./WOOD, A. W. *Kants "Grundlegung zur Metaphysik der Sitten". Ein Einführender Kommentar*. Paderbon/München/Wien/Zürich, 2002.

STRAWSON, P. F. *The Bounds of Sense. An Essay on Kant's Critique of Pure Reason*. Routledge: London/New York, 1993.

VANDEWALLE, B. *Kant: éducation et critique*. Paris: L'Harmattan, 2001.

VORLÄNDER, K. *Immanuel Kant. Der Mann und das Werk*. Wiesbaden: Fourier Verlag, 2003.

WEISSKOPF, T. *Immanuel Kant und die Pädagogik. Beitrag zu einer Monographie*. Basel: Editio Academica, 1970.

WOOD, A. W. *Kant*. Trad. Delamar J. V. Dutra. Porto Alegre: Artmed, 2008.

O AUTOR

Claudio Almir Dalbosco é professor do curso de Filosofia e do PPG em Educação da Universidade de Passo Fundo (UPF/RS) e pesquisador com bolsa de produtividade do CNPq. Doutorou-se em Filosofia pela Universität Kassel, na Alemanha, em 2001. Suas pesquisas mais recentes estão focadas no tema Iluminismo e Pedagogia, com destaque para autores como John Locke, Jean-Jacques Rousseau e Immanuel Kant. Possui vários artigos publicados em periódicos nacionais e internacionais e vários livros, dentre os quais se destacam: *Ding an sich und Erscheinung: Perspektiven des transzendentalen Idealismus bei Kant* (Königshausen & Neumann, 2002); *Educação e Maioridade*, organizado juntamente com Hans-Georg Flickinger (Cortez, 2005); *Pedagogia filosófica: cercanias de um diálogo* (Paulinas, 2007); *Moralidade e educação em Kant*, em coautoria com Heinz Eidam (Ed. Unijui, 2009); *Pragmatismo, teoria crítica e educação* (Autores Associados, 2010) e *Educação natural em Rousseau* (Cortez, 2011).

Este livro foi composto com tipografia ITC Garamond e impresso
em papel Off Set 75 g na Formato Artes Gráficas.